U0626139

○本书为 2011 年教育部人文社会科学研究专项课题

　"当代大学生理想信念教育研究"（11JDSZK012）结项成果

○本书为 2012 年国家出版基金资助项目

新闻出版总署社会主义核心价值体系
建设"双百"出版工程重点出版物

信仰书简

与当代大学生谈理想信念

BELIEF LETTERS

刘建军 等著

中国青年出版社

（京）新登字083号

图书在版编目（CIP）数据

信仰书简：与当代大学生谈理想信念/刘建军等著. —北京：中国青年
出版社，2012.12

ISBN 978-7-5153-1312-2

Ⅰ.①信…　Ⅱ.①刘…　Ⅲ.①书信集–中国–当代②大学生–思想政治

教育–研究–中国　Ⅳ.①I267.5②G641

中国版本图书馆CIP数据核字（2012）第284574号

责任编辑：王瑞

*

中国青年出版社 出版 发行

社址：北京东四12条21号　邮政编码：100708

网址：www.cyp.com.cn

编辑部电话：(010)57350466　门市部电话：(010)57350370

三河市君旺印装厂印刷　新华书店经销

*

700×1000　1/16　16 印张　2插页　160千字

2012年12月北京第1版　2013年8月河北第2次印刷

定价：24.00元

本图书如有印装质量问题,请凭购书发票与质检部联系调换

联系电话：(010)57350337

写在前面的话

在当前的中国,"信仰"这样一个原本有点私密的词成了一个相当热门的公共话题。一时间,不同领域和阶层的人们都谈论起"信仰"来了——这无论如何是不同寻常的。它或许能说明,在当代中国社会,在当代中国人的精神世界中,"信仰"成为一个不能不谈的重大问题了。

这种情况在大学校园也得到了印证。这是不足为奇的,因为校园是社会面貌的风向标,而青年学子则是社会中最活跃的一群。大学生们在经历了高考的冲杀后,进入平静的大学校园,也终于可以思考一些社会人生的问题,一些大本大原的问题,其中就包括理想、信念、信仰这类问题。

老师们也在思考,特别是那些讲授"思想道德修养与法律基础"课的老师们。不但思考,而且对话,与大学生们进行着对谈。在课堂上,在网络上,以及在一起去食堂的路上,师生们进行着思想感情的交流。本书所收录的二十多封书信,就是这种对话和对谈的一些记录。说是"记录",当然并不是最原始的东西,而是经过了梳理、加工和润色。但是,这些书信绝不是在大学生活之外人为地凭空"做出来"的。其中涉及的话题,都是从学生中来,从上千份相关的调查询问中来。有的同学可能会对其中的一些段落觉得熟悉。

信仰是复杂的精神现象和社会现象。到现在为止,并没有哪一门科学能够把这一现象说个一清二楚。因此,大家也都是在探索。老师们说的一些道理,未必就是确定的答案,而不过是提供一些思考的线索。参与本书写作的老师们深知这一点,因而愿意继续进行这方面的探索与交流。书信后面附有老师们的个人简介和联系方式,如果有同学对哪位老师的信有共鸣,或有疑问,可以进一步与老师探讨。我们保证,你一定会受到欢迎的。

作　者

Contents

目录

信仰的意义

发送　存草稿　预览　取消

发件人: rdfxj3@163.com ▼ 　　　　　　　　　　　　　添加抄送 | 添加密送 | 使用群发单

收件人: 致一位不再相信道德、法律与生活的同学

主　题: 必须相信点儿什么，生活才能继续

添加附件(最大2G) ↓ | 网盘附件 | 写信模板 　　　　　　拼写检查 | ↑隐藏图文编辑

01.
必须相信点儿什么，
生活才能继续

◆ 为什么那么多人在一个需要救助的弱小生命面前选择了麻木不仁？

◆ 如果没有法律和道德可以相信，人人自危的社会和生活还值得期待吗？

◆ 我们为什么要相信些什么？

亲爱的同学：

你好！

我认真读了你关于广东佛山"小悦悦事件"的来信。首先要谢谢你的信任，向我倾吐心声。在信中我看到了一颗跃动着的灵魂。你的提问正好启发我思考。下面我把自己的一些想法说出来和你交流。

我从网上看过"小悦悦事件"的视频。坦率地讲，我和你的心情一样：痛心、失望、悲愤，同时也有困惑——为什么会有这么多人在一个需要救助的弱小生命面前选择了冷眼旁观？他们为何如此麻木不仁？是什么泯灭了他们的恻隐之心？我看到了很多网友的评论。有人悲痛于生命之花的凋零，有人愤怒于"十八冷士"的冷漠，也有人在冷静地分析冷漠背后的根源。其中，认同度最高的一种说法是，自南京"彭宇案"之后，人们不再期待善良和道德，不再相信公正和法律，认为自保比美德更重要，所以才有这多人选择了袖手旁观、绕道而行。在信中你也表达了这样的想法：扪心自问，不敢保证自己在同样的情境中会伸出援助之手，因为你也怀疑法律、怀疑道德，甚至怀疑人生。我注意到，你对自己的这些"怀疑"同样也抱有怀疑。你信中说：如果没有法律和道德可以相信，人人自危的社会和生活还值得期待吗？我们的生活和社会还能持续下去吗？这是一个很有价值的问题。由此我们可以尝试得出一个推论：我们必须相信点儿什么，生活才能继续，社会才能维系。我们为什么必须要信些什么呢？或者说有所信任、信赖能给我们带来什么呢？我想大概有这么几点：

相信和信任可以为我们的生活提供一种安全模式。安全感是人类的基本需求，是其他各种需求实现的前提与保障。你知道，对于非洲草原上的每一种动物来说，每天早晨都必须以拼命的奔跑开始，这是一种动物世界里从无安全、永无宁日的活命法则。这种没有安全保障的生活固然不幸，但没有安全感并不比没有安全好多少。如果一个人心中充满着怀疑和不信任，即使他生活在一个并非危机四伏的环境中，他也将时时处处如临大敌。没有安全、安宁的生活，怎么可能有快乐和幸福呢？如果我们警惕身边的每一个人，对每一份善良都报以防范，对每一项法律都报以怀疑，那我们就不是活在人类社会，而是活在丛林世界。缺少安全感和信任感、充满怀疑和不信任的人生必将惶惶不可终日，这不是我们人类想要的生活。由此看来，仅靠出于自保的精明和怀疑并不能提供足以支持我们幸福生活的安全感，相信点什么，对什么抱有信任和依靠，是我们获得、拥有和享有安全感的必需品。

相信些什么还可以为我们的生活提供一种互惠双赢的节约模式。人们总是希望能过一种简单、省心、低成本的高效生活。而当我们失去基本的信任时，就不得不为怀疑和防范付出必需的成本。比如，为了防范盗窃人们发明了各式各样的锁，为了防范商业欺诈人们不断提高信贷门槛，为了防范腐败而设置了各级反腐败机构，为了防范偷工减料而设置了种种质检部门，等等。你看，这些都是人类为怀疑和防范付出的成本和代价。其实，这些成本只是投给了"假想敌",它并没有实质性改善和促进人们的生活。可悲的是,人类由于怀疑和不信任而在不断地制造着各种各样的"假想敌",让生活变得更复杂、更低效。反过来说,一种零成本的互信却能让双方将原本用于"假想敌"的人力、物力、财力用于建设美好生活。比如,两个国家基于互信的军事约定裁军和降低军备投入。同样,互信的政治、经济关系,互信的生活、人际关系,都可以精简掉社会、生活与人心中的诸多不必要的环节,而为我们带来成本最低、收益最大的"节能高效"生活。

相信些什么还可以为我们的生活提供一种动力模式。你知道,在物理世界里,力是改变物体运动状态的原因。让静止的物体运动,让运动的物体静止,让运动物体改变速度或方向,都有一个必需的因素:受到外力的作用。同样,在人生中,能否以及如何改变一个人的成长和发展状态,也取决于你是否有足够的成长和发展动力。给我们以人生动力的因素有很多,但相信未来会更美好,相信未来有一个值得期待的目标在等待我们的努力,是生活持续和发展的根本动力。事实上,相信就是对于未来尚未发生之事抱有信心和希望。而这种希望和信心既是人们积极生活和努力奋斗的根本动力,也是一个人身处逆境而不放弃的精神支撑。如果未来对于我们毫无希望和期待可言,生命和生活持续的意义何在?举个极端的例子,所有的自杀案例原因可能各不相同,但在各个不同的原因中有一点一定是共同的,那就是当事人失去了对于未来的信心和希望,失去了生活持续下去的动力和勇气。因此,相信些什么,将为人生提供前行的动力和支撑;什么都不敢、不愿、不再相信,则将意味着人生精神支柱的崩溃与坍塌。

相信些什么还可以为我们的生活提供一种超越模式。有哲人认为,人生具有浓厚的悲剧色彩,悲剧的根源在于人生有限性与欲望无限性的矛盾。人生是悲剧还是喜剧我们姑且不论,但人生有限性与欲望无限性的矛盾却是客观存在的。我们的生命长度有限但却追求永生,生命容量有限却贪得无厌、欲壑难填。在这种尖锐的对立中,有人在贪婪物欲中沉沦,有人选择了超越。前者因难得永生而沉溺于现世的享乐,后者却找到了一条以精神生命提升物质生命的超越之路。这其实就是一条信仰之路。信仰是在人生的终极与本原问题上的慎重思考,它提供人们一切行动的根本准则与终极遵循。简言之,信仰是将人生所有的为什么推到穷尽处的回答。

今天我们的物质生活不断丰富和提高,为什么人们的心灵却在物欲奔走中日渐焦灼、逼仄?这是因为,物欲如海,为物欲牵引的人生注定看不到尽头。因此,人生总是需要地平线的指引给予希望,而信仰就是让颠簸于大海中的小船看到地平线。信仰是对人生、社会、宇宙最终极、最彻底的觉悟。靠着信仰,我们从人生之自然境界出发,超越自然的命定、功利的束缚而向道德和天地之自由境界迈进。行到水穷处,坐看云起时。当我们在物质欲望中奔走冲突而走到山穷水尽之时,信仰为我们展示出另一重精神的天地。

当然,我知道,追寻信仰、坚守信仰并不是一件简单、容易的事。这其中可能会有诱惑、有压力、有挫折。就像前面说到的"彭宇案",坚守自己的道德信仰去做一个善良的人也可能会遭到曲解,甚至蒙受不白之冤。但我相信,一个对道德真正有着虔诚信仰的人,不会因他人的嘲讽、误解和不公正而放弃自己对道德的持守,因为他的选择是在听从自己内心对于正确的判断和理解,对于道德的仰望和追随。所以,说到底,这是他和自己内心的道德律令之间的事,他和他的信仰之间的事,而绝不是他和他人之间的事。他明白,做道德之人,行道德之事,是对于天地人生大道的遵循,在于求得心灵的安宁与温暖,在于求得自我精神境界的不断提升与超拔,而不在于他人之评价和对待。《庄子·逍遥游》讲:"夫列子御风而行,泠然善也……此虽免乎行,犹有所待者也。若夫乘天地之正,而御六气之辩,以游无穷者,彼且恶乎待哉!故曰:至人无己,神人无功,圣人无名。"这段话是说,道德修养高尚的"至人"能够达到忘我的境界,精神世界完全超脱物外的"神人"心目中没有功名和事业,思想修养臻于完美的"圣人"从不去追求名誉和地位,不受外物所役使。缺乏信仰指引的道德乃是一种道德上的"有待"状态,真正彻底的自由之境乃是委身信仰的"无待"状态。所谓"富贵不能淫,贫贱不能移,威武不能屈"便是,"走自己的路,让别人说去吧"也是。

先聊到这里吧,也希望以后我们就这个问题能继续深聊。

祝心有所思,学有所获!

冯秀军

2012 年 3 月

发送　存草稿　预览　取消

发件人：chey1510@163.com, cumtbcl@163.com ▼　　　　　　　　　添加抄送｜添加密送｜使用群发单

收件人：致一位对信仰的作用有初步思考的同学

主　题：信仰：超越现实的强大力量

添加附件(最大2G) ↓｜网盘附件｜写信模板　　　　　　　　　　拼写检查｜↑隐藏图文编

↺　字体▼　字号▼　≣　≣　≣　Ⅰ　∞　▣　▣　☺　　　　　　　　　　　⌃
↻　B I U A A ─ ▦ 4　▣　▣　签名▼　⟨⟩

02.

信仰：超越现实的
强大力量

◆ 信仰真的有那样大的力量吗？

◆ 信仰对人的生活有怎样的影响？

◆ 不良的信仰会带来恶果吗？

◆ 信仰的力量来自何处？

亲爱的同学：

　　你好！

　　上次的通信中，我们探讨了关于信仰的问题。信仰是人的终极追求与向往，是人类精神世界核心的问题，是人们的世界观、人生观和价值观的集中体现，信仰的选择是当代大学生在踏上人生道路之初的一个重大问题。你来信说，我的回信对你启发很大，其实在与你的交流中我也收获良多。你问我信仰在现实生活中究竟具有什么样的作用和力量，我想说：正确的、科学的信仰在现实中对个人、对国家和民族所具有的精神力量是不可估量的。

　　信仰是一种超越现实的精神的力量，它似乎看不见、摸不着，不可能转变成肉眼能见的个人的现实利益，相反，人们有时因为有信仰或坚持信仰反而会失去一些现实的利益。有的同学可能认为信仰是虚幻的。然而，在现实生活中，信仰对于个人的生活、工作和视野的影响和作用却是实实在在的。正如梁启超所说："信仰是神圣，信仰在一个人为一个人的元气，在一个社会为一个社会的元气。"

　　对于个人来说，信仰引导人的思想，直接影响人们观察思考问题的方式方法。人们会自觉不自觉地用信仰来指导自己的思想。建立什么样的信仰，以什么样的信仰作为自己的追求目标，决定了每个人的思维方式，不同的信仰有不同的思想和思维方式，信仰不同的人们，其思想和精神状态也因此差别很大。比如,面对人类在现实中的苦难,佛教认为,人类的苦难是一种因果报应,上辈子有罪业,这辈子就要受惩罚;基督教认为,上帝为了惩罚亚当、夏娃偷吃了伊甸园中的禁果,所以便让其子孙后代受苦受难;而马克思主义理论则认为,在阶级社会中,广大劳动人民苦难的源头是剥削阶级和剥削制度。因此,如果你信仰的是宗教,你就会无奈认命,认为人类的苦难都是罪有应得;如果你信仰的是马克思主义、共产主义,那你就会解放思想、实事求是,认真思考和积极探索推翻剥削阶级和剥削制度的途径。

信仰扩展人的视野,提升人的精神境界。信仰是精神生活的高度,是人生的最高信念,信仰使人相信在某种神圣的帷幕之后可能存在着一种真正的意义和价值,能够弥补人类及其社会本身的某种缺陷和不足,从而引导人的心灵摆脱时间空间狭小范围的限制,进入一个自由而又无限的、崇高而又现实的广阔精神空间。信仰是人类对真善美的追求,是对人的生存意义的解答和诠释。人的生存意义是人全部精神生活的支柱,如果你找到了生存的意义,确立了人生的目标,你的人生就有了前进的动力,也就有了幸福和欢乐的源泉。信仰拓展并延伸人的追求,为人的生存和发展提供精神家园,使人处于这种崇高的精神境界中,从而获得精神上的自由、幸福和安宁。许多同学都对《钢铁是怎样炼成的》中保尔·柯察金的这一段内心独白耳熟能详:"人最宝贵的是生命。生命属于每个人只有一次。人的一生应当这样度过:当回忆往事时,他不会因为虚度年华而悔恨,也不会因为碌碌无为而羞愧;在临死的时候,他能够说:'我的整个生命和全部精力都已经献给了世界上最壮丽的事业——为人类的解放而斗争。'"我想,包括大学生在内的每一个社会成员,都应该经常以此自勉。

信仰激励并且决定人的行为。信仰虽然深藏于人的心灵深处,却会通过人的行为显现出来,锁定人的努力方向,明确人的奋斗目标,调节人的实践行为。英国心理学家和教育学家弗莱明说过:"人类一旦失去了精神上的追求,就会变得无知,社会也将会变得漆黑一团。"如果一个人没有信仰,就没有生活实践和劳动创造的动力,就会萎靡不振、游移不定。而且,人的一生中常常会碰到许多突发性事件和转瞬即逝的机遇,在这种情况下,容不得你仔细思量,而是要像本能那样立即做出自己的选择,而这种看似本能的选择其实就是由内心深处的信仰决定的。不同信仰的人在突发性事件和危急环境中做出的应对和抉择的差异可能是很大的。究竟是先人后己还是先己后人,是舍生忘死还是贪生怕死,这就充分显示了信仰的不同作用。

信仰给人以面对生活的自信和克服困难的毅力。世界上没有"一帆风顺"的人生,无论是解决一道艰深的数学题目,还是寻找理想的职业,在人生道路上的每一步,困难无处不在,挫折难以避免。当人遇到挫折和困难时,容易灰心丧气、精神抑郁,甚至有人会因此而放弃自己的生命。但是,如果有信仰与你同在,你就会发现情况大不一样,你会以顽强的毅力和负责的态度去对待人生中的挫折和自己的事业,会在遇到难题时积极主动地应对而不是消极被动地逃避,从而使自己的所作所为时刻体现出对信仰的忠贞,在信仰的召唤和引领下逐步找到人生成功的密码,不断走出困境、逆境。

毫无疑问,信仰作为一种超越现实的精神的力量,对于个人和社会的影响是非常大的。我们在之前的通信中探讨过理性的、科学的信仰和非理性的、非科学的信仰。对于当代大学生来说,如果能选择理性的、科学的信仰,信仰的力量就会成为同学们在学习、工作、生活各方面的巨大引力和巨大助力,给同学们在未来的人生道路上指明正确的前进方向,并且激励同学们披荆斩棘,战胜一切艰难险阻,不断创造辉煌人生。相反的,如果不能在信仰问题上做出正确的选择,就会使人步入误区。一个人的信仰若是错误的,与社会的发展规律相违背,那么他的信仰越"坚定",对社会发展的阻碍和破坏作用就越大,危害也就越深远。

陈果曾是一名大学二年级的女生,就读于中央音乐学院学习琵琶专业,19岁的她青春靓丽,风华正茂。老师们现在还记得在考场上第一次见到陈果时,她的天赋和美丽给人带来的深深震撼。音乐是一种抽象的艺术,乐者用音乐来表现现实生活,就必须对客观事物具有独到的感受。对音乐的特殊敏感是一个真正的乐者所应该具有的潜质。在现实生活中,真正具有这种音乐潜质的乐者是百里挑一甚至千里挑一的,而陈果就是这样一个特殊的女孩。老师评价她:"这是个用心在弹琴的女孩儿。"然而,就在陈果的学业渐入佳境、走向成功的时候,她却在母亲的影响下痴迷修炼"法轮功",在天安门广场上自焚,落得面目全非,惨不忍睹。"法轮功"的邪教信仰像一个恶魔彻底摧毁了这个花季少女的一切,毁了她的美丽、毁了她的音乐、毁了她的人生,而且造成了极为恶劣的社会影响。是的，信仰的力量是巨大的，但这种力量有正向与负向之分，如果把握不好、处理不当，非理性的、非科学的信仰会给个人和社会带来不小的危害。对于年轻的同学们来说，一定要慎重地选择理性的、科学的信仰，正确发挥信仰的作用，提升自己，成就未来，让青春之花在信仰的阳光下灿烂绽放。

信仰对于个人的生活、工作、思想视野的作用和力量不是虚幻的，而是现实的。信仰作为一种价值目标，不仅对个人的人生有导向作用，而且蕴藏着巨大的精神力量，指导着人类的社会实践，推动着人类社会向前发展。一方面，信仰使人类超越基本的生理需要和具体生活的狭小空间，从自身的生命缺陷和客观限制中解脱出来，为自己的存在和发展拓展思路，开辟新领域，建立新秩序，确立新方向，从而实现自身真正意义上的全面而自由的发展；另一方面，信仰作为一种社会意识和社会心理，维系着民族的团结和国家的稳定，是民族和国家的向心力和凝聚力的力量核心所在。民族的产生源于民族意识的形成，而民族信仰是民族意识的最高形态，民族信仰一旦形成就会产生一种强大的向心力和凝聚力，产生一种稳定而强烈的精神力量，使一个民族的全体成员团结一致、凝心聚力。我国是一个多民族的国家，爱国主义和社会主义的共同信仰使全国各族人民紧密地团结在一起，维系着、巩固着中华民族的大家庭，使中华民族强大伟岸地屹立于世界民族之林。

最近，我读了一套关于信仰的书，书名就叫《信仰的力量》，是红旗出版社为庆祝中国共产党成立九十周年而出版的一套大型图书，从理论、精神和践行三个方面记录了九十年来中国共产党人对共产主义信仰一脉相承的执著追求。在书中，无论是新民主主义革命时期还是社会主义革命时期，或者社会主义建设时期、改革开放新时期，共产党人对共产主义崇高信仰的追求都可歌可泣、令人震撼。信仰的力量到底有多大？一部中国革命史就是对信仰力量的最好见证。九十多年前，信仰的光芒点亮东方的天空，一群年轻人在祖国和民族危难之际，胸怀共产主义的崇高信仰走到了一起，立下铮铮誓言，从此点燃了中国革命的星星之火。信仰是暗夜里的灯，是催人奋进的鼓。因为信仰，共产党人可以忍受人世间最为残酷的刑罚，可以微笑着面对死亡；因为信仰，共产党人可以视金钱如粪土，看富贵似云烟，痴情奉献革命事业；因为信仰，共产党人在柔肠寸断中，抛妻别子，书写出人间大爱。邓小平同志说："为什么我们过去能在非常困难的情况下奋斗出来，战胜千难万险使革命胜利呢？就是因为我们有理想，有马克思主义信念，有共产主义信念。"为了中华民族的独立和复兴，为了普天下劳苦大众的翻身解放，无数的共产党人前仆后继，牺牲奉献，用自己的汗水和鲜血，用自己的青春和生命将信仰的力量发挥到了极致，一部中国革命史就是中国共产党人用鲜血和生命谱写的信仰赞歌。

战争年代，共产党人为了崇高的共产主义信仰抛头颅、洒热血；和平年代遇危难之时，共产党人同样为了崇高的共产主义信仰牺牲自己，奉献人民。2008 年 5 月 12 日，新中国经历了自成立以来破坏性最强、波及范围最大的一次地震。在此次四川汶川 7.8 级地震中，德阳市东汽中学年近五十岁的教师谭千秋，在地震到来的第一时间，亲自指挥学生避难，不顾自身安危救助学生，即使在生命的最后一刻，他仍然勇敢而坚毅地张开双臂趴在课桌上，死死地护着身下的四个学生。四个学生都活下来了，他那张开双臂保护学生的姿势，永远定格在汶川大地震中，永远定格在学生们的脑海里，永远定格在世人的心中。谭千秋作为一名共产党员，作为一名人民教师，用崇高的信仰激励着自己直到生命的尽头。虽然他离开了他深爱的学生，但他的信仰、他的精神、他的形象会永远地被传颂下去，继续激励无数的年轻人为了心中那崇高的信仰而勇敢前进。

　　人类永远是需要信仰的，信仰是人之所以存在的意义，是人类世界发展的希望。一个人不能没有信仰，因为信仰是人类内心的精神支柱，是人的最高信念，理性的、科学的、崇高的信仰可以让一个人直面人生，超越自我；一个民族不能没有信仰，因为信仰是一个民族心灵的神圣图腾，理性的、科学的、崇高的信仰可以让一个民族坚强挺立，战胜困难，走向辉煌。历史和现实都充分证明，信仰对个人、对社会、对民族、对国家所产生的力量是巨大而不可估量的。当代大学生应该从实际出发，自觉选择理性的、科学的、崇高的共产主义信仰，积极发挥信仰的巨大精神力量，继承老一辈共产党人的遗志，在共产主义信仰的旗帜下，坚定信念，勇往直前，立足岗位实践信仰抱负，仰望星空坚持脚踏实地，让信仰之光指引你们前行，用你们鲜活的青春谱写出壮美的信仰之歌。

　　亲爱的同学，不知不觉，又在信中和你谈了这么多，相信你对信仰的力量也有了自己的认识和理解。信仰之灯需常擦拭，信仰问题当常自省。愿信仰与你一路同行，愿你在实践中去感受和体会信仰的力量,愿信仰对你的人生和事业更加给力。

祝好!

陈勇　陈蕾

2012 年 6 月

发送　存草稿　预览　取消

发件人：qiu-jier@263.net ▼　　　　　　　　　　　　　　　　　　　添加抄送 | 添加密送 | 使用群发单

收件人：一位对社会中的道德滑坡现象感到困惑的同学

主　题：信仰的缺失与信仰的渴望

添加附件(最大2G) ↓ | 网盘附件 | 写信模板　　　　　　　　　　　　　　拼写检查 | ↑隐藏图文编

↶　字体 ▼　字号 ▼　☰ ☷ ☶ ☴　🔗　▨　🔲 ☺
↷　B I U A A ― ▦ 4ₐ ▣ ▦ 签名 ▼ ‹›

03.

信仰的缺失
与信仰的渴望

◆ "道德滑坡"是不是与信仰缺失有关?

◆ 现在的人们需要信仰吗?

◆ 今天,我们如何选择一种值得坚守的信仰?

亲爱的同学：

你好！

你说："看到生活中一些天不怕、地不怕，无法无天的人，呼风唤雨，要什么有什么，让人感到很疑惑。"你问我："我们这个社会还有什么是值得相信和值得坚守的呢？"我想，你是依据现实中存在的一些不良现象而提出上述问题的，为此，我们就从现实的情况来透视它背后存在的人的问题。

当前，社会生活中发生了一系列恶性安全事件。毒奶粉、地沟油、瘦肉精、彩色馒头、超标农药蔬菜和水果、健美猪、苏丹红鸡蛋、荧光剂蘑菇屡屡曝光，让人对食品生产市场失去了最起码的信任。重大安全事故"高频"发生，造成大量人员伤亡。"不要与陌生人说话"是对我们这个时代人际关系的形象描述。"看到老人摔倒，要不要去扶"是大多数人面临问题时的迟疑态度。在你们离开家到外地求学前，父母总会叮咛"出门要多留个心眼"，"不要轻易与陌生人说话"，这与近年来社会上屡次发生的"碰瓷"现象有密切关系。2009 年，有记者采访了一个小学一年级的学生："长大了想做什么？""想做官。""做什么样的官呢？""做……贪官，因为贪官有很多东西。"

为什么我们生活的现实会变成这个样子？问题的症结究竟在哪里？

这些年，我国的经济快速发展了，而我们的内心却越来越脆弱。我们的生命和灵魂在物质条件和物质消费高速发展的催动下产生了太多的迷茫甚至极度的扭曲。我们曾经恪守的崇高目标和核心价值观迷失在 GDP 的上升曲线中。消费主义盛行,使我们的肉体得到了前所未有的满足感,而生命和心灵却在物欲的驱动下变得狭隘、琐碎和愚蠢。曾有的信仰航标坍塌了,对未来,有相当数量的人既失去了仰望崇高的情怀,也失去了追求崇高的勇气。

生活中,没有了道德底线的人,行为便没有了起码的规矩和约束。上面所讲的那些违纪违法的现象,证明了这一基本判断是成立的。印度总理甘地认为,有几样东西会毁灭社会的正常秩序和人的幸福生活:没有责任感的享乐,不劳而获的财富;没有是非观念的知识,没有道德的生意;没有人性的科学,没有牺牲的崇拜。确实,发展经济是人类奔向幸福的重要通道,但不是唯一通道。更重要的是人的信仰和良心。一个社会,当人的心灵无所归依、灵魂无所安顿、精神无所依靠时,会失去起码的责任、诚信、良知,现实的情形就会变得如此窘迫。

信仰包含相信、依赖、崇拜和敬畏的成分。它既与人的世界观、人生观和价值观有着密切的联系,又与科学、文学、伦理一起,成为人们认知和把握自我生活的一种方式,同时,它还是一个社会和一个国家奋进、团结进取的精神纽带。它具有生命价值的定向功能、社会秩序的控制功能、社会力量的凝聚功能和行为选择的动力功能。

从现实人生看,虽然不是所有人都有笃定的信仰,但有信仰的人比没有信仰的人幸福、快乐。人的一生无法完全避免矛盾和困苦,但是,有信仰的人会比没有信仰的人多一些期望,少一些绝望;多一些真诚,少一些抱怨;多一些坚持,少一些放弃。雨果在《悲惨世界》中写道:"信仰是人们所必需的,什么都不信的人是不会有幸福的。"雅斯贝尔斯也说:"信仰的缺失或偏离不仅会导致人们对其自身生存意义的茫然和孤单,对幸福的无望,而且也会导致人们在社会生活中的迷茫和无所适从、无所畏惧,无法在心中形成时刻约束自己的道德律令。"

人生信仰对于大学生,也具有同等的重要性。它是大学生对自己生存意义、生存价值、生活前途以及现实人生状态等命题的最高信念。大学生是国家和民族未来,大学生的信仰状况、精神面貌不仅关系大学生自身及家庭的命运,也关系到国家和民族未来在世界上的竞争力。关于这一点,你在信中已经给出了明确的答案,即"国家无信仰则亡,民族无信仰则衰,社会无信仰则乱,大学无信仰则烂,教授无信仰则堕,个人无信仰则躁,家庭无信仰则变"。历史的教训也告诉我们,任何国家出现的危机和动荡,本质上都是人心的危机、道德的危机和信仰的危机。

可是,今天的价值选择多样,并且鱼龙混杂,应如何选择一种值得坚守的信仰呢?

信仰的建立,要尊重民族的历史,从我们民族的优秀传统和革命传统那里汲取精神营养。在漫长的历史发展中,我们民族的核心价值观经历了从儒学到马克思主义的转变。在诸子百家并存的时代,儒家吸收了其他诸家的精华,自西汉起儒学取得了国家官方学说地位,并开始走上制度化的道路。佛教的进入,中国本土宗教——道教的产生，使儒学又从佛教和道教的世界观和方法论中吸取了一些营养，融合而成为宋明理学，巩固了儒学作为国家官方学说的地位。中国逐渐形成了"儒学为主、佛道为辅"的思想体系。明末清初，儒家文化经受了基督教、天主教的冲击，但并未影响儒家的主体地位。鸦片战争之后，特别是辛亥革命之后，三民主义和马克思主义进入国人视野，儒家思想发生了制度化的解体。

在中国共产党领导人民进行新民主主义革命和社会主义建设的过程中，马克思主义与中国革命实践相结合，成功驻扎中国，马克思主义成为共产党人坚定不移的信仰，并在长期艰苦奋斗的实践中，丰富和巩固了自己的信仰，逐渐形成了具有中国特色的马克思主义。这一信仰所提供的强大力量，使中国共产党带领人民走上了独立、民主、自由、富强的道路，并且它还在继续指引中国共产党和中国人民探索中国现代化的道路。这是经过了无数先烈流血牺牲和实践检验的真理，我们为何要怀疑它呢?!除非我们自己失去了民族自信心，或是还没有真正了解到我们的民族传统、民族文化的精髓。

五千年的古老中华，它既有过小康世界、天下大同的梦想，也有过近悦远来、万邦来仪的盛世辉煌;它既经历过内忧外患的窘况，也经历过维新自强、救亡图存的艰难跋涉;其文明的历史，犹如巍巍昆仑，既经历风雨，又安如磐石。那是因为我们是一个善于传承、勇于革新的民族。海纳百川，兼容并蓄，吸纳异质思想的精华为己所用，这是我们民族的气度和精神。

也许你会觉得，这样叙说我们的文化，有点妄自尊大的感觉。但看一看儒家文化在周边国家的现状，恐怕就不会这样想了。在日本,儒家的文化、传统和价值观被很好地保留在他们的居家生活、工作实践、对外交往和建筑风格中。在韩国,"身土不二"的观念深深地植根于国民的脑海中,儒家的四书五经是他们课程的组成部分,成为他们立国育民的重要内容,并且每年韩国人都会按照传统的方式到文庙去祭祀孔子,以此传承和延续儒家的思想。在新加坡,儒家文化也得到了很好的保留和传承。今天,全球开始兴起汉语热,孔子学院遍布世界很多国家和地区。美国有的政客认为,要颠覆中国,最困难的就是颠覆中国人的传统价值信仰。他们认为,中国人无论在什么地方、生活多少年多少代,其寻根意识始终根深蒂固地存在着,抹不掉。作为中国人,我们应该为自己有这样的文化和信仰而感到骄傲、自豪,培养民族文化的自信感,并从中挖掘其精髓,滋润我们躁动的心灵。

今天,如果我们对自己的民族传统和文化妄自菲薄、缺乏自信,我们就割断了自己的历史,也割断了民族文化的脉络和精神的传承,颠覆了千百年来形成的民族价值观和内心信念,民族的根基将被彻底摧毁。"欲亡其国者,必先亡其史"是古人对后人的警示。懂得尊重和珍惜我们的历史,懂得传承和延续祖先所沉淀下来的文化精华,是我们生命中无法分割的一部分。

培养对我们这片土地的热爱,是我们今天追求崇高的最直接的表达方式之一。诗人艾青说:"为什么我的眼中常含热泪,因为我对这片土地爱得深沉。"有了这样的爱,我们的情感才会有厚重感、归属感、使命感、崇高感,眼界才会越过个人狭隘的私情,行为才会产生无限的动力。

对先辈,我们必须铭记他们为中华民族发展作出的贡献。无数先烈为了民族的振兴、国家的强盛,有壮怀激烈、忍辱负重的,有舍生取义、凛然赴死的;既有古代的苏武、岳飞、戚继光、文天祥,也有近现代史上的谭嗣同、秋瑾、赵一曼、刘胡兰等。英烈们对国家和民族的热爱,面对生死的凛然正气,今天读之仍让我们为之动容。中国共产党的早期领导人瞿秋白,面对行刑者,他盘膝而坐,微笑示意:"此地甚好,请你们开枪吧!"是怎样的一种力量,让革命先烈如此从容面对生死?在方志敏烈士写下的《可爱的中国》里,我们找到了答案:"我相信,到那时,到处都是活跃跃的创造,到处都是日新月异的进步,欢歌将代替了悲叹,笑语将代替了哭脸,富裕将代替了贫穷……"正是这种大爱的胸怀和对美好社会的坚定信念和追求,成为鼓舞千千万万革命志士前赴后继的巨大力量;正是这种信仰之"火",最终使革命呈现燎原之势,换来了国家的独立、民族的解放和社会的安宁。唯有铭记和传承这种精神,我们个人才能找到生之价值、死之意义,国家也才能有持续发展的内在动力。

今天,英烈们的精神还在延续,先辈们并未离我们远去。这些日子以来,我们常在温暖的感动中度过。先是"最美教师"张丽莉老师,在失控汽车冲向学生的危急时刻,她毫不犹豫地挺身而出,被车轮碾轧造成全身多处骨折,双腿高位截肢;然后是"最美军官"沈星,为了救一个落水儿童献出了年仅31岁的生命;接着又是"最美司机"吴斌,在被飞来的铁块破窗而入将肝脏击得粉碎的情况下,将车平稳停下,组织乘客有序疏散,保障了24名乘客的安全。是什么力量支撑着这些普通人在危险来临的时候奉献自我、成全别人，放弃生命、挽救他人？是责任、是信念。这一次次的震撼让我们感受着道德的力量和精神的洗礼，英雄们用"平凡"诠释了伟大，用"责任"树立起丰碑，用"牺牲"衬托出信仰。他们是我们这个时代的希望、国家的希望。他们是我们这个时代最绚丽的风景，我们应该从他们身上吸取信仰的力量。

共勉！

邱 吉

2012 年 5 月

发送　存草稿　预览　取消

发件人: lm3013@126.com ▼　　　　　　　　　　　　　　　添加抄送 | 添加密送 | 使用群发单

收件人: 一位思考人生理想的同学

主　题: 人生征途的理想之光

添加附件(最大2G) ↓ | 网盘附件 | 写信模板　　　　　　　　　　拼写检查 | ↑隐藏图文编

↺　字体 ▼　字号 ▼　☰ ☷ ☲ ⚊ ☷ 🔗 🖼 🈁 ☺　　　　　　　　　　　☆
↻　B I U A A A — 🎨 4 🔲 📅 签名 ▼ <>

04.

人生征途的理想之光

◆ 理想，仅仅是年少时的幻想吗？

◆ 如果没有理想，人生将会怎样？

◆ 理想目标的坚守也需要信念的支持。

亲爱的同学：

你好！

你来信问我理想究竟是什么。这个问题的答案有很多，我们先从词义角度来解读理想吧。理想，顾名思义，是一种理性的想象。想象产生于头脑但尚未变为现实的景象，而理性的想象则是以现实为依据，在未来的某一天有可能变为现实的美好图景，也即奋斗的目标。

人作为万物之灵，最重要的体现便是我们拥有丰富的想象力，人类文明的进步正是把一幅幅闪现于大脑中的图景，通过创造性的实践，化为一个个现实的过程。早期的人类向往如鸟儿般在天空翱翔，于是他们开始了不断地探索和试验，在科技水平落后的情况下，这些试验都失败了，但翱翔于天空的理想并没有就此破灭，一代代的人还在继续为这一理想而奋斗着。终于，莱特兄弟用带有发动机的飞机成功地进行了人类的第一次飞行，人类的飞翔梦就这样化为了现实。

对于社会的每一个个体来说，理想究竟有着怎样的意义呢？这个问题我们可以从反问来开始谈：人的一生，如果没有理想，会是怎样的境况呢？没有理想的人生，会陷入每日无意识的虚无空洞中，即便内心有想法和向往，那也是囿于现实的琐碎俗物中。

现代社会的功利主义倾向很容易让人产生拜金主义、享乐主义的价值观，而金钱和享乐带给人的不过是非常短暂和非常小我的一种满足，甚至有的人为了追求这些所谓的理想而不惜违背良知、僭越法律，那样的人生已经丧失了人性的基本准则，也就不能成其为人生了。

心怀理想并为之而奋斗的人才能展现出生命存在的真正价值，完成人生的意义和使命。

理想是希望之灯，照亮人生前行的方向。漫漫人生路上，我们需要有希望所带来的光明，这光明照亮着我们人生的修行路。所谓的人生修行，就是通过不断去设置美好的愿景，修炼个性，提升素质，发展能力，完善自身，以期将心中一张张的蓝图化为现实的风景。于是，这一张张的蓝图就是引导我们修行的航向。试想，当我们的命运小舟驶在生活的海面时，没有前方的灯塔指引方向，小舟或者会迷失方向最终走向毁灭，或者随波逐流而失去存在的价值；只有在航塔的指引下，小舟才会扬起风帆，乘风破浪，驶向命运的前方，于是理想是我们的希望之灯。

理想是快乐之源，滋润着生命之树的成长。伟大的哲人苏格拉底曾说过，世界上最快乐的事，莫过于为理想而奋斗。生命的残酷性在于它的短暂，但我们可以在有限的生命中去体验无限的快乐。快乐是一种欢愉和幸福的感受，它来自于充实而有意义的生活。不知你是否有过体验，能给我们带来持久快乐的事情，就是通过自我的努力去达成一个个目标。这个过程可能充满艰辛，但它凝聚了你的创造价值和意志品质，从而让你获得莫大的成就感，这种成就感给身心带来的快乐是持久的、丰富的。理想是一个远大的目标，然而，道虽远，不行不至，远大目标正是通过一个个具体目标的完成而最终实现的。我们在设立和完成一个个具体目标的活动中,能享受到来自生命的最真实和最有价值的快乐,于是,理想是我们的快乐之源。

理想是勇气之杖,扶助着每个人攀登人生的石阶。理想是美好的蓝图,但它必须要历经现实曲折的路径才能实现。现实主要包括你的客观境遇和主观个性。现实往往会设置障碍和诱惑,前人就总结出过"人生不如意十之八九"、"好事多磨"等谚语。现实中总会有庸常之徒甚至奸诈之辈,为了短期的个人利益而汲汲营营,偌大的社会也总会存在着不合理不公平的事实,当我们无法去控制他人和社会时,我们唯一能做到的就是做好自己。而当我们有了坚定的人生理想时,内心就会有无比的勇气去跨越一个个现实的栏墙,继而以更加自主的姿态行走在人生的征途中,于是,理想就成了我们的勇气之杖。

还记得年幼的你,当被人问起"长大了想做什么"的时候你的答案吗?我想你一定也会如所有的孩子一样豪迈地回答"长大了想当科学家!歌唱家!画家!当一名好警察!好医生!好老师……"可是当我们长大成人,开始踏入社会时,会发现曾经的那些豪情壮志很少会真正地变为现实,是吗?

所以,你会问我这个问题:理想,仅仅只是年少时的一种美好憧憬吗?理想的梦遭遇现实的障碍时,我们应该树立怎样的信念?

理想不是现实,它是未来可能存在的现实,而在把它变为现实的过程中,我们会遭遇到无数的不确定。社会发展的规律也告诉我们,越是宏大的、美好的、积极的事物,它的发展和完成越是需要花费更多的代价。理想并不是一般的想法,它需要融合社会和时代的发展需要,结合个人的天性禀赋和能力素养,最终完成的是对社会责任、个人使命的价值实现。因此,理想的实现是一个异常艰辛和漫长的过程,并非是那些一蹴而就的想法,也非狭隘短视的小我意图。

在理想之路的实现过程中,我们要树立坚定的信念。信念,就是信任自我,坚信理想之路最终能完成。爱因斯坦曾说过,由百折不挠的信念所支持的人的意志,比那些似乎是无敌的物质力量具有更大的威力。人是身体和心灵的统一体,信念则是人的认知、情感和意志的集中体现。人的心理能量具有强大的爆发力,当我们内心充满信念时,会充分地相信自己,相信自己的选择,相信自己可以面对和承受失败,可以找到克服困难的办法,可以一步步地接近自己的目标,我们也会充分地相信未来的美好,相信世间的友善,相信坚持的力量。正是带着这些由信念所生发的积极正面能量,我们可以最终实现人生的理想。

你还问我,年轻人心高气盛,很容易给自己设立过高的理想目标,但社会阅历浅,很容易遭遇挫折和失败,一旦无法化解,可能会造成对身心健康的损害,我们该以怎样理性的态度去树立理想和面对挫折呢?

这个问题很好。理性是理想的应有之义,理性是一种精神,更是一种智慧。对于理想,我们的理性态度体现在对现实的把握和顺应。

要充分认识自己的特质、个性、优劣势,理想不能过于超越自身的特点和能力,善于数字不善文字的人,就不该去给自己设立当作家的理想,因为它不符合你的特质。同时,也要充分把握社会趋势、时代需要,既要有心系世情、胸怀天下的大境界和敢于冒险、勇于担当的大无畏,也要有立足自身特点和现实环境的务实态度。

对于理想实现的路径和成果,要有"顺势"而为的态度,因为人生充满着未知和不确定,宇宙间唯一不变的真理就是变化,每一个当下都蕴含着无数的可能性。理想是关于未来的想象,实现它的过程会历经无数的变化,因此,当我们向理想目标前行时,要以灵活的姿态行进于生活的浪潮中,不断调整实现的路径;也要以开阔的视野信步于现实的舞台上,接纳最终的结果,尽管它们与你的理想预设有差别。如此,才能体现理想之"理性"精神。

亲爱的同学,理想是引领我们的希望之灯,是激活我们的快乐之源,是扶助我们的勇气之杖,拥有理想的人生是值得追求的。然而,美好的理想蓝图需要付出极大的艰辛和努力才能最终实现,它需要坚定的信念作为支撑之力,也需要务实的态度作为智慧之匙。希望我的回答能帮助你解决一些关于理想的困惑,也希望你能树立正确的理想信念,完成人生的理想蓝图!

美好祝愿!

李　敏

2012 年 5 月

发送　存草稿　预览　取消

发件人：qinwh@pku.edu.cn ▼　　　　　　　　　　　　　　添加抄送 | 添加密送 | 使用群发单

收件人：一位对高层次价值追求认识不足的同学

主　题：追求卓越与享受平凡

添加附件(最大2G) ↓ | 网盘附件 | 写信模板　　　　　　　　　　　　拼写检查 | ↑隐藏图文编

字体 ▼　字号 ▼

B I U A A A 一 囲 4

签名 ▼ ◇

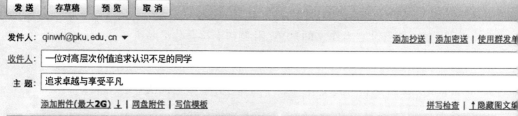

05.

追求卓越与享受平凡

◆ 守住基础道德就好了嘛，为何要讲又大又空的东西？

◆ 高层次的价值究竟有无广泛的必要性？

◆ 如何才能将享受平凡与追求崇高结合起来？

亲爱的同学：

你好！

感谢你对我的信任和对课程的认同。我对你关注平凡，注重从点滴小事做起的看法和人生态度，也非常认同。的确，如你所说，"我可以不去关注为人民服务的宏大意旨，但我知道，捡起教室里的一片纸，也是在为人民服务"。是的，为人民服务不是空中楼阁，不可能凌空而起，而是建立在我们每个人切实做好自己该做的事情基础上的。但是，你由此否定崇高价值、理想的教育引导作用的观点，我却不能赞同。你说："既然长期以来这些假大空的说教并没有多少人信服，又何必不就从基础道德和价值讲起呢？先做好自己的事，实现自己的价值，不也就是在对社会作贡献嘛！"在这里，你的从基础道德做起的观点并没有错，错就错在你认为仅仅如此就足够了。这涉及到对高低价值辩证关系的理解问题。这里有两种偏差理解值得注意。

如果说以往我们对大学生的人生价值、理想的教育确实有些过于高远，尤其是缺乏对具体途径和低起点的关注，让人有可望而不可即之感，那么，现在有的价值、理想教育似乎又走向了另一个极端，仅仅关注日常道德的养成，忽视了崇高价值、理想应有的引领作用。我认为，这两种教育方式都没有很好地把握高低价值之间的辩证关系。因为仅有高的价值指向会让人有空泛、无所适从之感；但没有高的价值引领，也使人难以具有明确的奋斗方向和坚守基本做人原则的勇气和毅力。伟大来自于平凡，伟大和平凡乃至卑下之间的距离并不遥远，平凡的人是基本能够按照做人的基本要求去做事，卑下之人恰恰是在践踏这些基本要求，而伟大的人则是在平凡的做人做事中有更高的价值追求，从而在任何情况下都有坚守这些基本做人原则的勇气和毅力，所谓在平凡中见精神、见境界。离开了更高价值的引领，很难保证人们在他人误解或利益受损的情况下，还有始终坚持做好该做的事的勇气。现在该不该扶老人的纠结和"小悦悦事件"等，都说明了哪怕是坚守起码的做人底线也比我们想象中的艰难，所以，崇高价值的追求，以及由此沉淀而成的坚定信念的支撑必不可少。

可见，日常道德的养成只是崇高理想和人生价值实现的必要条件而非充分条件，即并不是只要注重日常道德的养成，崇高的价值和理想追求就会自然而然形成，只要做好小事就一定能成就大事。这还取决于你是否具有更高的价值指向、是否具有坚定追求的信念和意志，就是能否持久做好小事和养成道德习惯，也与崇高的价值追求密切相关。

所以，我们关注和强调日常道德养成的目的，是要教育、引导你们来挖掘和发现其中包含的高远价值，而不是让你们停留于此。或者说，低价值只能作为高价值教育的起点、切入点，不是也不可能是教育的全部和终点。就像"思想的闪电一旦彻底击中这块素朴的人民园地，德国人就会解放成为人"一样，我们也只有找准教育的切入点，由低到高循循善诱地阐释和灌输集体主义价值观，才能真正使你们相信、接受并践行崇高的价值和理想。毕竟由于市场经济和社会长期和平发展的影响，现在大学生的价值追求越来越务实，思想和心理诉求也更关注生活细节和自我实现，共产主义理想信仰等重大问题似乎越来越远离你们的生活。所以，我们对以往教育偏差的纠正，也不是要否定崇高的价值、理想存在的必要性，而只是要为它寻找、确立一个适合当代大学生的教育起点。但起点不是也不可能是终点，在起点确立的基础上，当今大学生的价值、理想教育最需要的恰恰是高层引领。

我们一般会倾向于认为，一个人只有为自己活着才会有竞争心和动力，才会过得好。现在的大学生越来越关注自我，这种观念更有代表性。其实，这种竞争心和动力如果没有一个高于个人利益的价值目标牵引，是不可能持久的，从而也注定生活不好。因为仅仅是为个人的物质享受和精神价值很容易达到极限。财富积累到一定程度就会沉浸于享乐，名声达到一定程度也就不思进取，甚至违法乱纪。现实生活中这样的例子实在是太多了：把自己辛辛苦苦挣来的钱挥霍在吃喝嫖赌上，不但无益于社会也因此葬送了自己；为自己艰苦努力得来的名声和地位沾沾自喜，缺乏更大的追求和关怀视野，也就必然会转向追求个人享乐，毁掉自己的一生。俗话说"人无远虑，必有近忧"，价值追求上更是如此。没有远大价值和目标的牵引，人们很容易陷在狭隘的利益旋涡中斤斤计较，不仅耗费了精力、消磨了意志，而且必然影响自己价值的更大实现。

所以，诚然像你所说的，低层次的价值实现也有利于社会，但显然不如崇高价值的积极作用更大，更有利于激发自己的潜力和动力,从而最大限度地实现自我和贡献社会。爱因斯坦在居里夫人的悼念会上说过的一段话,就充分肯定了道德这一价值因素对才能的巨大促进作用。他说,当一位像居里夫人这样杰出的人物走到了生命的尽头,我们不应仅仅满足于回顾她的工作成就为人类作出的贡献。杰出人物的道德品质可能比纯粹理智的成果对一个时代以及整个历史进程所具有的意义还要大。不仅如此,甚至后者的取得也要在极大程度上依赖于道德境界。而且这种依赖程度比通常认为的大得多。在近六百字的悼念文字中,爱因斯坦只用了三十多个字谈到居里夫人的科学功绩,其他都用来赞扬她的品德力量。

可见,居里夫人之所以能得到人们的敬仰,自然是和她的卓越贡献分不开的,但问题并不是所有取得卓越成绩的人都能获得如此殊荣,说到底,是她的崇高人格和价值理想追求更让人折服。她自己也曾明确区分过高低价值追求不同的两类人。她说,无疑地人类需要注重自己实利的人,他们拼命地在工作,在谋求自身的利益,这与人类的普遍利益是并行不悖的。但是,人类毕竟也不可缺少具有理想主义的人,他们追求大公无私的崇高境界,无心去顾及自身的物质利益……而她就是第二种人,正是崇高的理想主义把她一次次推向人生成功的顶峰。

所以,我始终认为,人的能力是有大有小,对社会作出的贡献(尤指物质贡献)也有大有小。但贡献有大小,精神可以无高下。提升个人的道德境界和价值追求,说到底不是一个"能不能"的问题。而是一个"愿不愿"、"为不为"的问题。"为仁由己,而由人乎哉?""我欲仁,斯仁至矣。"这也正好回应了你的一个观点,即你否认崇高价值教育的一个重要依据就是,"崇高价值毕竟是少数优秀分子才会有的,离普通人很遥远"。可我却认为,恰恰是因为是否具有崇高的价值观和理想,才把人群划分为优秀和普通。人的智力禀赋是有差别,但更多的实例告诉我们,最终决定一个人是不是优秀的关键,还是有无崇高价值追求的问题。不论这种崇高价值和理想是否得到了实现,但由此带来的强大动力和毅力,一定会让我们的生活尤其是精神生活发生根本变化,不论境遇如何都能始终保持乐观进取的人生状态。试想,这样的人生能不成功吗? 这就是崇高价值和理想的真正作用,也是人之为人的本真状态, 大学生更应责无旁贷地追求卓越。而我们总以自己是普通人为借口,不去努力奋斗、追求卓越,恰恰说明我们需要崇高价值的引领。

当然,追求卓越与享受平凡又是辩证统一的。任何一个伟大或作出过卓越贡献的人,他并不觉得自己多么高尚伟大,而总是认为自己很普通,自己所做的都是作为一个人和按职业要求所应该做的。这不完全是谦虚之词, 实在是道出了追求崇高和立足平凡的辩证关系,他们正是在平凡的坚守中创造了非凡,而平凡的坚守又恰恰需要崇高价值的支撑。为人民服务的人生价值观就是这样的崇高价值观,或者说是高低价值的辩证统一体。

一方面,由于它正确认识和处理了个人利益和他人利益、集体利益的矛盾,明确了集体利益的重要性和首要地位,从根本上维护了集体的存在,从而也就维护了集体中每个人的利益和存在。原因很简单,为了自己生活得好,也必须让别人生活得好,让这个集体中的每个人生活得好,集体利益是首先要保证的。而不管是损人利己的极端利己主义,还是所谓"主观为自我,客观为他人"的"合理"利己主义,都是从个人利益出发的,违背人群存在的社会性规则,最终也必然是损人不利己,谁都不可能过好。所以,为人民服务的原则、集体主义的原则,不是否定了个人利益,而是为个人利益提供了更好的保证。

另一方面,为人民服务又不是高不可攀的,转化为平实的语言就是"我为人人,人人为我",每个人考虑自己的利益没有错,但不能仅仅考虑自我利益,更不能以自我为中心,否则人群和社会终将难以维系。反向论证这个问题可能会更有说服力:人类发展至今,不管时人感到道德如何沦丧,社会还能得以存在和延续,就是因为总有那么一批不以自我为中心的人存在。而不以自我为中心,就会多少考虑他人利益,就是"心中有别人",拿季羡林和王选两位先生的"好人"标准来看,也就不失为好人。季老的"好人"标准是:考虑别人比考虑自己更多一点就是好人。王选先生认为这个标准可以稍稍降低一点,就是考虑别人和考虑自己一样多就算好人。而我则认为这个标准还可以再降很多,只要能考虑到别人,都是好人。

这是因为,"心中有别人"这种信念,往低里说,就是人不能只为自己活着,往高处说,就是要为人民服务、为社会奉献。而不为自己活着的朴实信条,又必然会把人引向更高的为社会、为人类服务的崇高价值追求上。因为,不为自己活着,就必然在处理索取与奉献、享乐与创造、个人与他人、个人与社会等各种人生矛盾时不仅想着自己，也想着别人。而心中有别人，就自然会看淡和正确处理很多利益冲突，心中坦然，所谓"君子坦荡荡，小人常戚戚"。而不为利益所羁绊，不会陷在患得患失的利益漩涡中不能自拔，就必然会始终把奉献、付出作为人生的目的，总在为社会的进步和发展尽自己最大的努力，从而逐渐把自己从小我提高到大我的精神境界，并在这一过程中感受到创造的快乐，感受到生命的价值和永恒意义。对此，列宁早就有过精辟的论述：只要你还是一个只关心自己而不顾别人的人，你就不可能具备共产主义道德，而共产主义教育就是要反对这种我做我的事、赚我的钱，其他一切都与我无关的心理和习惯。毛泽东也说过："为什么人的问题，是一个根本的问题，原则的问题。"错误的人生观，错就错在它仅仅想着自己而侵害了别人的利益甚至生命，把自己和他人、社会摆在了对立的位置。

不过认真反思一下，现在你们之所以对为人民服务等崇高价值观产生误解或敬而远之，除了市场经济的负面因素和极端个人主义、拜金主义等的不利影响外，我们理论阐释的说服力和清晰度不够、理论的理解和宣传过于极端等也是重要原因。我觉得"无私奉献和个人利益关系"的理解就需要进一步澄清，这在一定程度上有利于你们正确理解为人民服务价值观。

现在一些大学生认为每个人关心自己的利益天经地义，相反，一讲奉献，他们就认为是在唱高调，是忽视自我需要的满足，甚至是违背人性的。应该说，我们曾经对集体及其利益的极端理解、对个人利益哪怕是正当利益的忽视,的确对当今大学生排斥集体主义、为人民服务价值观产生了不利影响。可实际上,提倡为人民服务、倡导无私奉献,本意并不是要否定个人正当利益,只不过是宣传方式过于简单化而已。"无私"并不是不要私利,而主要是强调索取不应成为奉献的目的和动机,即奉献者在为社会和他人作贡献时,不以获得报酬为前提,不计较报酬的多少和有无。再通俗来理解,"无私"就是没有多余的私,或者可以直接把"私"理解为过度的、膨胀的、不正当的利益。正当的个人利益从社会整体的角度去看,也是"公"的,是符合群体利益要求的。朱熹讲"存天理,灭人欲"也并不是要消灭、禁绝人的一切欲望,而是禁绝那些不符合公理和群体利益的过度的人欲。可见,我们以往之所以觉得"无私"高不可攀、不符合人性,是因为对"私"的理解极端化了。

其实,如果我们再切实一点理解国家倡导无私奉献的目的,就会发现它主要是在倡导人们要有高的精神境界追求,本来就不包含否定个人正当利益的意思,否则,这不与多劳多得的社会主义按劳分配原则矛盾了吗?而且,实际情况也是,真正无私奉献的人,他们作出贡献后都得到了社会、国家丰厚的回报,得到了崇高的精神褒扬。因此,是自私还是无私,其实就是一念之差,即行为动机是为我还是无我。但恰恰就是这一念之差显示了做人境界的不同。只要动机是无私的,即使结果并没有达到"为他"的目的,也是道德行为,是奉献,如冒死下水救人,但未能救活。相反,虽然有的利己行为客观上是为他人了,但却不能说是道德行为,更谈不上奉献。

由此可见,倡导无私奉献也不包含以实际贡献大小论英雄的意思,奉献只是一种崇高的思想境界在行动上的体现,并不是非要惊天动地。但只要相信和追求这种奉献精神,我们就可以在自己平凡的岗位上做出不平凡的业绩,这种不平凡就来自坚持、执著的信念力量。当代大学生缺乏的恰恰就是这种贯穿在生活中的坚定的人生信念,而不是你所认为的缺乏崇高的价值和理想追求。应该说,很多学生是具有崇高价值和理想追求的,也希望一步步实现自己的价值和理想。可是,由于对理想实现的艰难过程缺乏足够的思想和心理准备,对暂时的利害得失过于计较,承受挫折能力又差,其结果必然是理想与行动脱节,不但不能用理想指导实践、引领生活,反而使理想因意志薄弱、缺乏执著而破碎。因此,大学生要真正树立起为人民服务的人生价值观,首先要明白的是,崇高价值和理想从来都不只是头脑想象和口头说说的东西,而是要在日常生活中切实地贯彻和磨炼。伟大来自于平凡,来自于脚踏实地对平凡职责的履行和坚守。

祝学习进步!

秦维红

2012 年 5 月

发送　存草稿　预览　取消

发件人：rdfxj3@163.com ▼　　　　　　　　　　　　　　　添加抄送 | 添加密送 | 使用群发单

收件人：致一位在浮躁和诱惑中焦虑的同学

主　题：一块洁净的心田、一种宁静的心境、一个远大的目标

添加附件(最大2G) ↓ | 网盘附件 | 写信模板　　　　　　　　　拼写检查 | ↑隐藏图文编

字体 ▼　字号 ▼

B *I* U A A — 田 4

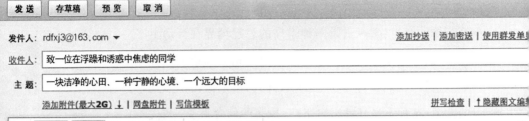

06.
一块洁净的心田、一种宁静的心境、一个远大的目标

◆ 人生的困惑与焦虑从何而来?

◆ 如何寻求一块洁净的心田、一种宁静的心境、一个远大的目标?

◆ 做一个在天地间挺立行走的人,不竭的力量从哪里来?

亲爱的同学：

　　你好！你的来信收到了。

　　信中你提到现在的大学生活比想象的要复杂得多，各种名目的活动背后是浮躁与诱惑，本想在大学的四年里清静地读书，可外部的干扰和诱惑如此之多，不能安心学习，因而焦虑，甚至有时产生一种莫名的恐惧。我想，焦虑和恐惧是我们每个人回应新环境常有的一种反应，不必为此太过紧张。当你理解了自己即将展开的人生，找到了属于自己的路，你自会获得一片清明的读书心境。

　　人们焦虑往往是因为还没有弄明白自己与置身其中的世界的关系。其实，我们每个人都生活在一个喧嚣的尘世中，并在与这个尘世打交道、在与人和物交往的过程中，留下了自己的活动轨迹。每个人的轨迹各不相同，或杂乱无章，或条理清晰，或刻意雕琢，或浑然天成。由于出生在不同的地域、不同的家庭，我们来到这个世界上、与这个世界结缘的起点不同，所走的路径不同，也就有了千差万别的人生。因此，人生就是从不同的起点、沿着不同路径、以不同的方式来利用生命的艺术。对于每个人来说人生都是一幅独创的艺术品。孔子说他自己："吾十有五而志于学，三十而立，四十而不惑，五十而知天命，六十而耳顺，七十而从心所欲不逾矩。"这是人生轨迹的素描，是一幅和谐的人生图画。

　　完成自己的人生作品需要哪些基本条件呢？这个世

界为我们每一个人都准备了无比丰富的书写人生的材料,画笔和画布就是我们自己。每个人都是自己人生图画的描绘者。我们知道,能否成就一幅佳作,意在笔先,酝酿立意是关键。成就一幅人生美图,找到自我,明晰自我的方向和兴趣是第一要件。一个人如果知道自己的真正的兴趣所在,并按着自己的兴趣做事,他就走上了真正的成就自我的道路。找到自我的人,他的"作品"条理清晰、浑然天成;找不到自我的人,他的"作品"就杂乱无章、刻意雕琢。每个人找到自己的时间是不同的:有的人在孩提时代就找到了自己;有的人到了人生的中途才不惑;有的人,也是最悲惨的人,永远也找不到自己。

所以,困惑和焦虑又常常是因为我们找不到自己。每当我们困惑时,我们犹如身处黑暗不知去向何处;每当我们焦虑时,我们犹如被不同方向的力撕扯。事实上,最激烈的冲突不在外部世界而在自己的内心里。我们总是谈论、抱怨外部世界充满了暴戾,我们的内心何尝不是如此呢? 这一切归根结底在于我们自我的迷失。迷失自我的人反而欲望更多,因为他不知道自己真正需要的是什么,所以就什么都想要,什么都想占有,以此来填补因迷失自我而带来的空洞与恐慌。而欲望太多、不能节制自己杂多欲望的人,就不能聚精会神,也难以在某个领域里有精深的成就。《大学》特别强调内敛的功夫,讲知止而后有定,定而后能静,静而后能安,安而后能虑,虑而后能得,说的就是宁静安神以致远的道理。

从你的信中我可以看出你是一个不甘沉沦、好学深思的人。你有敏锐的洞察生活的能力,这是一种非常宝贵的品质。一个人如果能保持这种敏感和上进心,就不会成为一个麻木不仁、安于现状的人,总是能看见人生的好风景。天下大事必成于细,天下难事必成于易。如果我们留心、敏感的话,生活中的很多事情都是提升自己的机会。

举个我自己切身体会的例子吧。有次上课时我发现几个同学没有到课,问他们的去处,同学说是参加什么活动去了。我想,上课是学生的本分,也是学生的权利。可惜的是,有一些同学并不知道自己的本分和权利何在,当自己未尽自己的本分、权利被剥夺时,他们根本没有自觉。一个人可以没有反抗剥夺的能力,但不能没有对剥夺行为的觉悟。被奴役并不可怕,可怕的是失去了摆脱被奴役状况的愿望。我想,每个人在这个社会中生活都免不了要受到各种干扰,就拿"翘课"的同学来说吧,因为他没有找到自己,所以总是被外部的力量拖拽、引诱、胁迫着走。事实上,不是别人把他从课堂上拉走,是他自己没有守住自己。从老师的角度说,如果自己的讲授有足够大的吸引力,就会把一部分同学聚到一起。

我举这个例子,看似很小的事,可它里面隐藏着各种力量的角逐和抗争。你如果多留心,多反思,就能保持自己对生活的敏感。否则,积习日久,就会变得麻木。利用生命的艺术需要敏锐的眼、敏感的心,需要经常提醒自己、磨炼自己。人生的修炼多在仔细的观察和宁静的沉思中完成。喧嚣和吵闹永远不会出智慧。大学或者说我们整个的教育过程都应该以给自己"一块洁净的心田、一种宁静的心境、一个远大的目标"为根本,否则高深的专业研究就没有了根底。问题的关键在于自己时时平整心灵的田地,使之松软保湿,智慧的种子才容易生根发芽。

凡是能在一个领域中取得成就的人都是内心世界宁静和谐的人。一个内心不平静、不平衡的人,给别人提出的建议也只能使这个世界变得更混乱。我们因此需要从最细微的地方返回到自身,保持一种心灵的平衡与和谐。你可以设想,我们的内心世界如果是和谐宁静的,我们的外部世界又怎会充满冲突和躁动?外部世界的混乱与矛盾都和我们自己内部的精神状态有关。从一定意义上说,解决外部世界的杀伐征打,取决于我们内在世界的胜残去杀。人往往是在内心的冲突中丧失了生命力而不是在对外部世界探求的过程中累死的。所以说,"有的人活着,他已经死了"。之所以谈这些问题,是因为我们平时太多地关注外部世界,而忽视了自己内在的变化,是犯了"务外而遗内"的病。

一个内心世界和谐敞亮的人才有可能走进信仰。而一个人要想成就点什么,又必须要有信仰。一个内心清明的人,对自己的思想和行为都有一种觉知,他知道自己要往哪里走、要追求什么,这样的人目标专一,勇往直前,不管现实的道路多么曲折,他的精神却是直道而行。这样的人生命效率最高,他达到的境界是那些左顾右盼、心神不定的人所不能企及的。对于每一个人来说,他所信的、他所仰视的是不同的。

一个想在天地间挺立行走的人,必定要跨越崇山峻岭,涉过急流险滩,他那不竭的力量从哪里来?这种力量不可能从外部的物质诱惑中得来,只能从"信心"中来。外部的物质诱惑和刺激只能让一个人自行分解,而不能使一个人达到整体性的和谐。一个人要想在人生的道路上走得远,走得深,就必须不断地克服物欲的诱惑,倾听所信仰的那个高于我们现实存在的东西发出的讯号,往前探索。凡有所成者,必闻"天籁"。中国人经常说这样一句话,人而无信,不知其可。我不知道你怎样理解这句话。我现在的理解是,如果一个人的言语中不能透露出关于高尚的存在的信息,我们就不知道这个人要去向何方了,因为每一个人都是接到信息后才出发的。在那个高尚存在的召唤下,我们启程,跋涉。每个人都是整个文明进程的一个细节,都是文化大生命成长必不可少的环节。在这个意义上我们每个人都有自己的职责和本分。我们只能在行动中取得道德。只有行动中的道德才赋予生活以美和尊严。在这个境界里,"行有余力,则以学文"就有了更加丰富的内涵。

我和你谈这些是为了让你在自己大学生活中,切问近思,明确自己的方向。这对于一个年轻人是至关重要的,很多精力充沛的人往往因为不知道把自己的力量用到何处而误入歧途。中国人常说,活到老学到老。这句话怎样理解呢?从形体和物理的角度来理解,人到老了身体的机能下降了,他的食量也不如年轻时候了,但这个人有生活的信心,有信仰,他力量的源泉没有枯竭,所以他依然保持着精进的生命态势。他不在物质食量上有增长,在精神食粮上却食量不减。这样我们才能理解"烈士暮年,壮心不已"的秘密。

其实,信仰并不神秘,它是一个人存在的必要条件。一个人没有信仰,他就不往上看,不往高处走,要么原地徘徊,要么堕落沉沦。一个人有了信仰,他就可以从"物欲"的世界里超拔出来,摆脱方方面面的牵扯、拖拽,自由地在天地间行走。一个真有信仰的人,可以忍受最卑微、最艰难的生活;一个没有信仰的人,虽然过着富贵荣华的日子,他依然会受制于名缰利锁,做平面的运动。这样的人生是薄片,不丰满。有广度、有深度、有高度的生活才是值得向往的人生。生命的广度取决于我们和世界建立的广泛联系,需要读万卷书,行万里路;生命的深度取决于我们在一个特定领域里刻苦钻研,致广大、尽精微;生命的高度取决于我们在内心摆脱物欲诱惑的程度和我们情感宇宙的纯度,诚者自诚之。

《论语》中有这样一段对话,弟子问孔子:"执射乎?执御乎?"孔子说:"吾执御也。""执御"在今天就是开车,也是修养心性的一种方式。我想谈几个与开车也与人生有关的问题。怎样开车才省油?人生如行车,要学会节省能量。我总结了以下几点:一是慢踩刹车缓加油。慢踩刹车的前提是你对路况了解,观察了左右前后,为下一个判断留出了余地。猛踩刹车猛加油,就如学习时一曝十寒,不能持之以恒、稳中求进,既戕害身体,又损失脑力。二是加油不能加满,这样夏天不安全,而又加重车的重量。人也不能自满,自满最危险。三是后备箱里不要存太多没用的东西,拉着没有用的东西跑路徒劳无益还费油。其实我们每个人的头脑里、心里都存了太多的垃圾,这些精神的包袱会影响我们行进的速度。四是拉着手刹行车。这种情况也经常发生,熟练和不熟练的司机都会发生这种情况,这如同你心中有件放不下的事,总是成为你前行的阻力。五是自己不知道去往的路,这是最费油的一种情况。人生也是如此,如果误入迷途,就会徒耗自己生命的能量四处冲撞,最后像车一样报废了。当然

还有最糟糕的一种情况，司机根本不知道自己要去哪里。他的车根本没有发动。

人生如开车，车如我们的身体，司机就是灵魂。你需要知道自己要去哪里，寻找到达目的地的最佳路线，清空身体和心灵里的垃圾，放下思想上的包袱，保持平和的心态，不断给自己补给能量。这是我对开车和人生的一些思考，也希望你能从自己最熟悉的事物开始探索自我的人生旅程。你想去哪里，这是人生旅程的基础。一个人只有在有目标的情况下才会有信心，才会不绝望，才会百折不挠地向着目标努力，才会不受各种因素的干扰，才会摆脱恐惧，才会谨慎小心，而这时的谨慎，即大勇啊！

今天就聊到这里吧，衷心地希望你能静心倾听和跟从内心的呼唤，找到自己人生的灯塔，成为星云世界的水手！

祝好！

冯秀军

2012 年 5 月

信仰的辨析

发送　存草稿　预览　取消

发件人：qinwh@pku.edu.cn ▼

添加抄送 | 添加密送 | 使用群发单

收件人：一位追问"信仰"的同学

主 题：谈相信、信念与信仰的区别

添加附件(最大2G) ↓ | 网盘附件 | 写信模板

拼写检查 | ↑隐藏图文编辑

字体 ▼　字号 ▼　☰ ☷ ☲ ☰ ∞ ▣ ▩ ☺

B I U A A A — 画 4 ▣ ▦ 签名▼ ◇

07.

谈相信、信念与信仰的区别

◆ 大家说来说去的"信仰"到底指什么？

◆ 人是否有必要绝对地相信某种事物？

◆ 我们通常都会有自己的想法，难道这些都不算信仰？

亲爱的同学：

　　你好！

　　你在思考信仰缺失问题时，不自觉地触及了一些非常基础但可能很多人并没有意识到的重要问题，如信仰的定义、信仰与相信及信念的关系等，理论界对此的看法也不尽相同。你在信中写道："大家所说的信仰到底指的是什么呢？如果信仰是指虔诚地无条件地信赖某种事物的话，那么我并不觉得这是必需的呀。相反，这种信赖并不是在任何情况下都是有益的。因为时代在变化，信仰也在变化。如今的信仰并不一定非得是对圣贤的主张、主义或对神的信服和尊崇，对鬼、妖、魔或自然现象的恐惧等高高在上的虚幻的东西。如果信仰仅仅是指的同意某种看法或是相信某种事物的正确性的话，那么我们大家不就都有信仰了吗？既然我们都有信仰，那么一些人悲呼我们'这代人缺失信仰'又是什么意思呢？"

　　其实，你在这里是把相信和信仰、信念和信仰等概念混用了，或者说，你否认了我们以往对信仰的一种极度尊崇的理解，认为相信和信仰是一回事。应该说，在当今价值多元嬗变且生活讲求轻松娱乐的时代背景下，这种理解还是有一定市场和必然性的。一些人深感疑虑，在这样一个多变的世界里，还有什么是可以被如此确信不疑的呢？所以认为，人们能有所相信而不是怀疑一切已经不错了。可对于大学生而言，这种对信仰的定位和理解，是远远不够的，毕竟信仰对自我和社会的引领作用，远不是这些简单多样的相信可以达到的。因为，相信主要是对于事实、人物或知识、理论等对象的基本判断和认可，即你所谓的相信"一加一等于二"或者相信"太阳每天都会升起"等基本常识，它是人们在生活中形成的一种最初步的思想倾向和态度。的确，人们必须有所相信才能够生存下去，比如我们每个人都有对自己的相信，相信自己的耳之所听、眼之所见，相信自己的思考和判断。还有，我们大凡也会相信"天不会塌下来"，"杞人忧天"就是人们经常用来讽刺那些喜欢无端怀疑的怀疑论者的。如果有人对什么都不相信，一天到晚疑神疑鬼、忧心忡忡，他还能正常生活吗？所以人们在生活中总要有所相信。

但问题是，仅有相信是不够的，相信再坚定执著，也只是一种思想认识、判断和倾向，不必然转化为行动，而我们平常用"相信"表达的一些判断和命题，如相信"有付出就有收获"，相信"种瓜得瓜，种豆得豆"等，其实不仅仅是指思想倾向层面的相信，更隐含了要将此种认识和倾向贯彻在行动和生活中的意味。而从思想到行动的转化，就已经超出了简单的相信的层面，进入信念层面。信念就是要在相信的思想认识基础上，加上强烈的情感倾向性和行动、意志的坚定性，是融认识、情感、意志、行动为一体的综合的精神状态，就是说不仅是相信，而且情感上要坚信不疑并要努力身体力行。可见，并非人们相信的所有东西都会转化为信念，只有对人的生活来说显得特别重要、特别值得相信和恪守的东西，或者说对我们自身特别有价值的观念，才会转化为信念。如果说"相信"是人们基本的思想态度，是人们得以生活的思想前提，还有待于生活实践的检验，那么，"信念"则是实践检验后人们自觉坚持的稳定的生活准则。获得某种认识、相信某种观点，可能三五分钟就能做到，但信念却是长期形成的，是经得起实践考验的始终坚守的一种精神力量。

信念比相信更具自觉性，也更能体现人的主体性。只有有了这种信念，我们才会对人群、社会真正有信心，才会生活得有所依凭。

信念和信仰的区分，比起相信和信仰的区分，不论从内涵还是从作用上都更困难些，因为二者的相似性更多。如果说信念由于来自具体的生活经验，其相信的对象是具体多样的，我们理解起来还容易些，那么，对信仰的理解则困难得多，尤其在当今就是作为信仰典型的宗教信仰也都大大衰微的时代。宗教信仰甚至都转化成了现实利益的需要。正如你所说的，如今的信仰并不一定非得是对圣贤的主张、主义或对神的信服和尊崇等对高高在上的"虚幻的东西"的信仰，言外之意就是信仰对象也可以包含很多"非虚幻"的、不那么"高高在上"的东西。有的同学也有类似看法。例如："凡是贯穿人一生的对人的发展产生重要影响的，小到对自己的信仰，大到对神的信仰，都可以称为信仰。只是我们过于把信仰高大化了，以至于我们的社会缺少所谓的信仰。"

我认为，你们主要的还不是否认了传统的信仰内涵，而是否认了我们以往对信仰的一种极度尊崇的理解方式，认为信仰并没有那么神秘、崇高，它和大多数人都有的"相信"、"信念"没什么差别。这种认识，看似解决了信仰缺失的根本问题，认为我们其实人人都有信仰，没什么可担心的，可实际上，由于把信仰拉低到相信的层面，反而掩盖了信仰缺失问题，甚至抹杀了信仰这一有关人的本质的根本问题的存在，值得认真讨论和思考。

我认为信仰是人的本性需求，人人都需要信仰。不管人们是否自觉意识到自己有无信仰以及信仰什么，实际上人们都是有所相信和坚持的，因为很简单，信仰缘于人类生存和意义找寻的需要，是人能够生存下去的价值支撑，虽然这些信仰的内容和层次可以差别很大。

人从自然界中分离出来获得主体性后，他所感到的并不只是独立的自豪，还有孤立无援、被放逐抛弃的空虚和破碎感，尤其是当他感觉到自己脆弱而短暂的生命随时都将被威力无边的大自然所吞噬时，他更是极其恐惧。而为了活下去并且活出希望、活出意义来，他就必须有所信仰，无论是信仰威力巨大的自然现象，还是信仰冥冥之中的神灵和祖先，抑或信仰可以让他有所依赖的学说或教义，总之这些具有永恒性的信仰对象，都会在一定程度上消解掉人们的空虚、破碎和恐惧感，摆脱掉偶然、无根的心境，使自身也赋有永恒性和绝对性。这样，人生才有希望、有着落，人当下的、眼前的生活也才不是过眼云烟，而是永恒和绝对的命运的一个链环。

印度伟大诗人泰戈尔曾通俗地诠释过信仰产生的人性基础和功能。他说，人类永久的幸福不在于获得任何东西，而在于把自己给予比自己更伟大的东西，给予比他的个人生命更伟大的观念，即祖国的观念、人类的观念、至高神的观念。这些观念能使人类更容易舍弃他所有的一切，连他的生命也不例外。在人类没有找到某些能真正索取他的一切的伟大的观念之前，他的存在可能是不幸的和可怜的，这种伟大的观念能使他从他所依附的全部财物中解放出来。

泰戈尔所说的"伟大的观念",也就是信仰。正是在这个意义上,我们才会说信仰寄托着人的精神的终极关怀。而人正是在这种信仰的终极关怀中——甚至不论这种信仰是否合理、科学,都倾注着责任感、使命感、奉献精神乃至献身精神,将自己整合到伟大的永恒和绝对之中,从而也自认为最大限度地实现和完成了自己,找到了人生的意义。

可见信仰是人之为人的基本特性,每个人都有追求信仰的需要。但"需要"信仰并不意味着必然"获得"信仰,信仰的发现和确立是一个艰辛漫长的过程,与个人的人生追求有关,也与文化传统、教育引导密不可分。所以,虽然人人都在找寻信仰,但真正有信仰的人又真的很少,大部分人只会拥有信念。信仰也属于信念,但它是人们众多信念中的最高信念和核心信念。从相信的执著坚定和一贯性来看,信念和信仰也有共同性,它们都是人们长期实践的结果,都对人生有重要的支撑作用。因此,对不同的人群而言,信念和信仰的作用可能是同等重大的,比如"做一个好人"的普通信念,对一个普通人来说,其对人生的支配作用足可以与伟大人物为人类奉献的崇高信仰相媲美。

可见,信念和信仰的区分的确要困难些,因为二者与相信不同,主要不是一个认识问题,而是一个实践问题,信念和信仰都必然会表现在行为上,不表现在行为上的就不是信念更不是信仰。而同样是表现在行为上,也有程度上的高低不同。为了坚守自己的信念或信仰,必然要有所舍弃,有所牺牲,乃至献出生命。也恰恰就是从人们是否敢于牺牲生命这个关节点上,我们可以相对区分出信念和信仰。古今中外那些为了真理、主义而牺牲自己生命的人,无疑都是真正有信仰的人,而信念往往达不到这样的高度。

从信念和信仰的语言理解习惯上我们也可以感觉到,信仰在"信"的程度上远远高于信念。"信念"的落脚点在"念",说明某种观念值得人们记在心中,是人们基于认知或实践而产生的对某一具体对象的真实可靠的确信,因而"信念"可能是多样的、变化的;而"信仰"的落脚点则在"仰",所谓高山仰止,它主要不是关注事物的真实可靠性,而是强调价值意义上的真实,即信以为真,是对人们所企望而暂时又未能实现的目标的"仰止",反映一种虽不能至而心向往之的极度尊崇的心态,这种心态自然可以超越一些现实利益的计较。虽然它也需要借助于一些具体的信念和途径达到或接近,但它高悬在那里具有唯一不变性。

从词性上来看,信念只是个名词,而信仰则既可以作名词也可以作动词用,这可以更清楚地说明,信仰作为人的一种特殊的精神状态,是每时每刻都在牵导着人们的生活方向的。很显然,只有对人来说具有极高价值的东西,才值得人们如此心驰神往。而正是这种心驰神往,会逐渐将人们带入自己都可能难以预设的人生境界。这也就是信仰的超越性与现实性的关系,它不是让人们通过否定现实来实现超越,而恰恰就是要在现实中不断超越。这才是科学合理的信仰,是我们需要确立的信仰类型。马克思主义、共产主义就是这样的信仰,它强调人们应该在现实的改造自然和社会的实践中实现人生的价值,实现人类的自由全面发展和最终解放。

应该说,现在世界各国的信仰都不同程度地有所衰落,这既有科学发达的作用,也有多元价值观的影响。但正如信仰昌盛不是永恒不变的一样,这种信仰衰微的状况也不是人类的命运。可以说,信仰危机的时刻,也正是信仰重建的关键期,各种信仰正面临新的考验、选择和整合。究竟哪种信仰能够艳压群芳、独树一帜,不仅要看它的内容是否科学、合理,对人类是否有益,也要看它的宣传方式是否科学有效、符合时代特征和人们的需求。而现在马克思主义、共产主义信仰面临的主要问题,既有内容的重新合乎时代的阐释问题,更有宣传方式的改革创新问题;既有自身不断发展的问题,也有如何吸取其他思想信仰积极因素的问题。但不管我们以往对马克思主义、共产主义的理解和宣传存在多少问题和失误,都不能改变它本身是科学的这一本质,因为它的理论既是建立在对社会发展客观规律的正确认识基础上,也包含对人的追求超越本质的深刻理解,是真理之真和价值之真的统一,是合规律和合目的的统一。随着你们对信仰在认知和实践层面的不断深入了解,我相信,你们一定会慢慢将自己的信念整合和提炼,确立起值得终生追求的信仰——马克思主义信仰。

不知道我对你观点的分析你是否认可,也不知道我的解答是不是足够通俗,希望以后我们能够继续多多交流。

祝好!

秦维红

2012 年 4 月

发件人：yyhecnu@163.com ▼　　　　　　　　　　　　　　添加抄送 | 添加密送 | 使用群发单

收件人：一位困惑于"唯物"、"唯心"的同学

主 题：物质、精神与信仰

添加附件(最大2G) ↓ | 网盘附件 | 写信模板　　　　　　　拼写检查 | ↑隐藏图文编

08.
物质、精神与信仰

◆ 唯物主义是否就是追逐物质享受？

◆ 唯心主义就是崇尚心灵生活吗？

◆ 信仰现象与物质生活是怎样的关系？

亲爱的同学：

你好!

来信收悉。你希望与我讨论信仰的问题,感谢你的信任。据我了解,你来信中所提出的问题不少是当代青年人的理论疑惑之一,非常值得讨论。

你的问题是:"有种观点认为,唯物主义即唯物质、唯现实、唯金钱至上,唯心主义则是崇尚精神、信念和信仰。那么,在当今物质充裕、精神匮乏的时代,鼓励人们追求信仰,是否应当推行唯心主义?"

你引述的观点存在着两个问题:一是对唯物主义与唯心主义内涵的理解是错误的,因而对唯物主义与唯心主义两者对立的区别也是不准确的;二是把信仰归之于唯心主义也是不恰当的。

关于第一个问题,把唯物主义与唯物质、唯心主义与唯精神相提并论是对唯物主义与唯心主义的极大误解。这里需要讨论什么是唯物主义、什么是唯心主义的问题。

唯物主义与唯心主义是哲学上两大对立的理论形态,早在古代,已有唯物论与唯心论之争,是哲学家们对于世界本质不同认识而形成的对立性的理论。如,古希腊德谟克利特的原子论和柏拉图的理念论就是古代西方的唯物论和唯心论。在西方哲学史上,唯物主义与唯心主义的理论对垒比较明显。但是唯物主义与唯心主义的本质区别在哪里?是否如来信中所认为的唯物主义崇尚物质，唯心主义崇尚精神呢？恩格斯1889年发表的《路德维希·费尔巴哈和德国古典哲学的终结》一书，对此问题作了非常清晰的界说。恩格斯指出，人类对世界的种种认识通过哲学的概括，主要集中在存在(物质)与思维(精神)的关系问题上，就是关于"世界本质"如何认识的问题。存在与思维的关系具体来说，就是我们所赖以生存的世界究竟是不依人的意志而自然存在的呢，还是由杰出天才的思想或某种神灵(如上帝)创造出来的?凡是坚持自然界自在的、人本身是自然界发展的产物、人的思想来源于现实世界的观点就是坚持了唯物主义的立场;相反，认为人与世界是神灵创造的、精神决定人与世界的观点就是唯心主义的立场。

当然，关于世界本原问题的探讨并非像纯粹的哲学探究那么单纯，哲学问题与政治问题密切相关。西方近代哲学上的唯物论与唯心论的争论，反映的是当时要求革命的资产阶级与保守的封建统治阶级之间的斗争，后者的理论武器就是宗教神学即上帝创造世界的观点。

虽然，唯物主义坚持世界本原的物质性，唯心主义坚持世界本原的神创性，但两者主要在事实命题上的争论，是揭示世界本真面目的不同见解，与崇尚物质享受与精神追求并非一回事。崇尚什么是人们主体追求的问题，属于精神范畴领域。事实上，唯物主义者并不都是追求物质享受的，他们中间怀有崇高理想者和献身主义者大有人在。马克思就是最有力的一例证明。马克思是彻底的唯物主义者，然而他追求"解放全人类"的理想是多么的高尚远大，他的精神力量具有时空的穿透力，至今影响和改变着这个世界。但是马克思在物质上是贫困的,他的贫困一方面来自当时资本主义社会的剥削和政治迫害,另一方面也有马克思不以物质享受为人生追求的因素。同样,唯心主义者中也不乏崇尚物质享受的人,他们是不折不扣的物质金钱崇拜者。

可见,不能简单地将唯物主义与唯物质、唯心主义与唯精神相等同。把唯物主义说成是唯物质或者物质至上,那是望文生义。唯物主义的本质内涵是指一种客观认识世界的方法,即大家熟知的"从实际出发,实事求是"的思维方法和认识态度。由于客观实在特别是自然界具有物质形态,所以用"唯物主义"表达这一方法的特征。或许,唯物主义中的"物"用"存在"来表达可能更好,更加准确,不容易产生误解。

不过,在西方历史上还真出现过把唯物主义等同于唯物质主义,"把唯物主义理解为贪吃、酗酒、娱目、肉欲、虚荣、爱财"等龌龊行为,"而把唯心主义理解为对美德、普遍的人类爱的信仰"的情况。恩格斯批判唯物质主义是"庸人的唯物主义",因为这种所谓的唯物主义与唯心主义的理解并不是哲学世界观意义上的观点,而是人生目的意义上的价值观点。这种歪曲唯物主义与唯心主义本质区别的理论出台,源自于西方中世纪教会维护美化宗教信仰的需要和诽谤攻击唯物主义的偏见。

需要指出的是,庸人唯物主义亦是庸俗唯物主义,它在今天并没有绝迹,现实中也存在着某些大肆鼓吹物质享受和追逐金钱为实惠性、务实性的理论,俨然表现出一副"唯物主义"的派头,而将倡导理想信念鄙视为"务虚"、"空洞"和不实在。庸人唯物主义的实质是唯物质主义、唯享乐主义,与真正的唯物主义毫不相干,但其却有很大的思想腐蚀性。所以年轻人应当学习唯物主义,将庸人唯物主义与真正的唯物主义甄别开来,而且要拒斥庸人唯物主义,批判其社会危害性。

关于第二个问题,信仰与唯心主义的关系。来信说"在物质充裕、精神匮乏的时代,鼓励人们追求信仰",这是正确的。但是,把信仰归之于唯心主义则是不恰当的。前已讲到,唯心主义只是一种认识世界的方法,虽然唯心主义的世界观也会导致某种信仰的产生,但是唯心主义不等于信仰,信仰也不等于唯心主义。恩格斯指出,关于人类理想的信念、信仰的追求,与唯物主义和唯心主义的对立绝对不相干。那么信仰究竟是什么?人为什么需要信仰?

信仰属于精神现象,体现为人的一种精神寄托、一种追求。信仰从字面上解释,"信"指内心相信或信奉,"仰"则是崇敬仰慕。无论是相信还是崇敬心理,都是个体人内在较为高级的思想精神活动,是人的主体性的体现。但是信仰主体内在精神活动的对象是外在的,或是宗教中的神灵,或是某种人生说教,或是某种知识体系,甚至某种物体如金钱都可能成为信仰主体的信仰对象。简言之,信仰是指人对自身之外的某种事物、理论学说、观念形态持相信敬仰并为之追求的心态。

信仰作为精神意识,与人类对物质的仰赖一样成为人与人生不可缺少的组成部分。人的生存首先需要物质条件的支持,所以物质生活始终是人的第一需要。但是人这种生物的特殊性在于人还有思想意志,丰富的想象力将人的思考引向未来、憧憬美好,甚至异想天开,追求新奇,需要有精神上的充实感。这是人与动物最大的区别,也是人之为人的最主要的特征。可见,物质需求不是人追求的唯一生活目的,人还有精神上的追求。为什么物质丰裕的今天,人们还感到不幸福不满足呢?就是因为物质充足无法取代人对精神的渴求,精神世界的匮乏甚至比物质的匮乏更令人焦躁不安、痛苦不堪。因此,建设精神文化更具有紧迫性。

当然,人的精神追求是多方面的,对于人来说,信仰是进入内心深处的具有持久性的精神感受,令人感到内心的充实与满足,生活的希望和美好,以及人生的价值与力量。信仰与理想等一起构成现实人不可缺少的精神支柱。

但是,建立什么样的信仰,如何建立信仰,也是一门深奥的学问。由上面的讨论可知,信仰虽然是人主体的精神追求,但是信仰的对象亦即信仰的内容来自于社会,所有的信仰都具有社会性。信仰本质上是主体的价值追求,然而什么事物、什么理论、什么社会生活是有意义的,值得一个人信赖,值得你羡慕,从而值得你去追求,不仅仅取决于个人的思考和愿望,也取决于个人思考对社会精神生活的参照,特别要参考前辈和他人精神生活追求的经验总结。

因而,信仰的建立是一个学习和选择的过程,既有自己过去人生经历中积累起来的生活体悟,还有社会各种信仰学说、社会价值观念以及他人信仰的影响,是自我在各种精神因素综合影响下选择的结果。尽管信仰是个体的一种高级的精神意识,但是信仰的建立也有盲从和理性的区别,这往往取决于个体精神追求的价值倾向、生活趣味和理性水平。在今天多元文化时代里,面对林林总总各不相同的信仰体系,信仰的选择面临着更多的困难。事实上,信仰也有好坏之分、合理与否的问题,对初涉社会的年轻人来说,需要学会甄别信仰,不能盲目信从某种脱离社会实际的天花乱坠的信仰诱惑,要理性地探寻信仰的意义,选择以追求真善美为目标的、对社会发展有利的、有助于个人身心健康发展的信仰,来建立自我信仰的精神世界。

上述是我对信仰的一些见解,与您交流。

祝好!

余玉花

2012 年 5 月

発送　存草稿　预览　取消

发件人：yyhecnu@163.com ▾　　　　　　　　　　添加抄送 | 添加密送 | 使用群发单

收件人：一位对信仰问题感兴趣的同学

主　题：谈谈信仰与宗教

添加附件(最大2G) ↓ | 网盘附件 | 写信模板　　　　　　　　　拼写检查 | ↑隐藏图文编

字体 ▾　字号 ▾　**B** *I* U A A A — 囲 ４　签名▾ ◇

09.

谈谈信仰与宗教

◆ 信仰是否就是宗教信仰?

◆ 宗教信仰是怎么回事?

◆ 马克思主义信仰有何特点?

亲爱的同学：

　你好!

　久未见面,收到你的来信真是非常高兴。听说你最近对信仰问题感兴趣,这与我的研究碰到一起去了,我们有了共同的话题,不妨互通观点,对话交流吧。

　你认为信仰对一个人的发展十分重要,我非常赞同你的观点。人的精神内在地需要一种向上的引导,仰望星空、崇尚高远,才使人不满足当下,追求未来,锻造新的自我。信仰之下,人们才能发现世界之神奇、生活之丰富、人生之意义,才不会被世俗物性缠住前进的步伐,心中始终怀着人生奋斗的目标。生活中如果有人表明"我是有信仰的人",往往令人肃然起敬,刮目相看。为什么?因为有信仰的人对自己有要求,他的人生必有目标,他的行为必有原则,而不是随意地打发时光,茫茫然地得过且过。我敬佩有信仰的人。

　问题在于,信仰为什么会具有如此巨大的力量? 有人说,因为人们信仰的对象往往具有神圣的色彩、强大的感召力,于是,充满神秘与神圣色彩的宗教便成为人们对信仰存在的普遍理解。确实,宗教是较为普遍性的信仰对象,尤其在具有宗教文化传统的国家,信仰与宗教密切联系,宗教是人们精神寄托的主要形式。

　不过,信仰与宗教有关系,并不意味着宗教是信仰的唯一对象,对人产生感召力和值得人们崇敬仰慕的事物并不限于宗教。事实上,先进的知识理论、价值观念,甚至杰出的人物或者道德楷模都可能对人们形成强大的精神影响力,从而成为人们信仰的对象。以马克思和他的学说为例。马克思是无神论者,他创立的马克思主义理论揭示了社会发展的规律,指出了无产阶级乃至全人类走出阶级剥削阶级压迫的方向和解放人的道路。这一理论不具有神性和神秘性,是一种具有真理性和崇高价值性的科学社会理论,同样是一种造福于人类的理论。事实证明,马克思主义理论的实践改变着世界和现代人的命运,所以马克思主义自然成为人们信仰的对象。早在上世纪初,中国先进的共产党组织和先进的共产党人信仰马克思主义,以马克思主义为指导,带领中国的劳苦大众,为拯救苦难的祖国,抛头颅、洒鲜血,浴血奋斗,打出了一个新中国。今天,马克思主义继续指引中国人进行现代化建设,改革开放三十多年中国取得的辉煌成就再一次印证了马克思主义是值得信仰的科学理论。

可见,信仰并不属于宗教专有,把信仰宗教专有化的观点不仅反映了这种观点片面性的立场,也狭隘了信仰的内涵,封闭了人们信仰自由选择的大门,存有误导性,不具有信服力。

但是,宗教即信仰的观点谬传很广,影响人们对信仰真实性的理解,对马克思主义的信仰也形成了很大的冲击。即使那些已经加入共产党的自称为马克思主义者的人对信仰问题也迷惑不解,不能坚定自己的信仰,在马克思主义与宗教之间犹疑不定。就如你来信中提到的:"看到身边有些党员甚至党员干部也有信奉佛教、天主教的,会到庙里烧香或到教堂做礼拜",所以你疑惑:"他们的宗教信仰会与马克思主义的世界观冲突吗?"

应该说,会有冲突的。首先,马克思主义与宗教是两种完全不同的思想体系,在世界观上,所有的宗教都属于唯心主义思想体系,宗教的神灵观、天国地狱论都是非真实非现实的,是根据人们的愿望想象夸大虚构的结果。德国著名的唯物主义哲学家费尔巴哈非常深刻地揭示了基督教的本质,指出:上帝是人塑造出来的,天国也是人设计的。把人的想象杰作宣传为先于人类、高于人类的神圣世界,这便是宗教需要披上神秘面纱的原因之一。仔细考察宗教,不难发现,几乎所有的宗教都具有浓厚的艺术色彩。宗教的艺术性一方面对人有极大的感染力,另一方面宗教的艺术性的特点也说明了宗教非真实非现实的本真面目。马克思主义属于唯物主义的思想体系,坚持追求科学真理的立场,对人类社会的发展过程进行真实的揭示和科学预测。其次,几乎所有的宗教都带有神秘性,而马克思主义的使命之一是揭示神秘性。马克思主义的实践观是揭露神秘性的有力武器。马克思指出,社会生活是实践的,凡是把理论引向神秘主义的神秘东西都能在社会实践中得到解决。再次,马克思主义以促进人的全面发展为目标,给人以积极奋进的精神鼓励,主张个人通过与社会的结合,把握个人发展命运的主动权。而宗教对信徒的精神抚慰更多是赐予性质的,并且在形式上是居高临下的,其结果必然强化信徒对教会的依赖性而非自主性。费尔巴哈说,依赖感乃是宗教的根源。

由此可见,马克思主义信仰与宗教信仰是性质根本不同的两种信仰。接受马克思主义信仰的人一般不太可能再去信仰宗教,共产党的政治纪律也不允许共产党员去信教,共产党员信仰宗教无疑是背离马克思主义信仰的。

然而,对共产党员信奉宗教或在寺庙烧香拜佛的原因也要具体分析,不能一概而论。在我看来,这里存在一个真假信仰的问题。如果一个共产党员或者党的干部,真的信仰宗教甚至加入宗教团体,那意味着其对马克思主义的信仰是假的,党的组织应该依据党章对其批评教育或劝其退出党的组织。但也不排除另外一种情况:那就是其宗教信仰不是真的。有的党员干部虽然参加过一些宗教活动,进庙也烧香磕头,但未必是信仰使然。有的只是借此形式表达一些心愿,类似于人们过生日的时候点燃蛋糕蜡烛的许愿。其无关信仰,仅是心愿表达方式而已。

在复杂的生活中,人有一些期望、有些私人性的心愿要表达是很正常的事。由于私密,自然不能公开表达,或不能向一般人甚至至亲好友表达,但是表达又是必需的,于是那些静谧特殊的场所就成为表达心愿的最好环境,而那些非现实性偶像(神像、灵牌,包括蜡烛之类的物品)就成为最合适的诉求对象。中国传统文化中,庙会和以祭祖为代表的祭祀活动是人们表达心愿的主要形式,但是祭祖形式在“文革”中遭到破坏(最近在慢慢恢复,如清明扫墓),于是旅游景点的寺庙便成了人们许愿的热门场地。到此一游,顺便烧支香许个愿也成了一大风景。

所以要区别真假信仰。信仰虽然要借助外在的形式,尤其是宗教信仰,形式是某种宗教的象征,膜拜是宗教最具有特征的形式,但是信仰的本质是内心的信念,形式并非是主要的,有些形式甚至与信仰本身相悖而带有虚假性。对于马克思主义信仰来说,不注重形式,注重的是理性的理解、内心的真信和实际的行动。

当然，就一个社会来说，区别马克思主义信仰与宗教信仰，坚持马克思主义信仰，并不是完全否定、排斥其他信仰。在马克思主义看来，宗教尽管存在着虚幻性和非科学性，但它是社会矛盾的历史产物，是不依个人的意志而出现的社会客观现象，当宗教存在的社会条件还没有消失之前，宗教是不会消失的。另外，宗教也并非一无是处。宗教在某种意义上也反映着世界。比如，早期的世界三大宗教都曾经揭露和反映人类遭受的苦难。但是如何看待苦难，宗教不可能像马克思主义那样揭示出苦难的真正根源。至于如何走出苦难，宗教更是无能为力的。在今天和平年代里，宗教的慈善活动和劝人行善的道德说教有助于修养人性和社会稳定，具有一定的合理性。所以，在社会主义社会里，法律允许合法的宗教组织开展合法的宗教活动，鼓励宗教为社会服务，宪法保护公民信仰自由。但是，如果打着宗教的旗号敛财，或者像"法轮功"那样危害社会的邪教，法律就应予以打击，自然那已不是信仰的问题了。

关于信仰，要谈的实在太多，不是一封短信能尽意的，希望以后有机会见面时深聊，今天就此搁笔。

祝你学安！

余玉花

2012 年 5 月

发送　存草稿　预览　取消

发件人：wangxj@lzu.edu.cn ▼　　　　　　　　　　　　　　　　　添加抄送 | 添加密送 | 使用群发单显

收件人：一位痛苦于理想与现实冲突的同学

主　题：理想点儿好，还是现实点儿好？

添加附件(最大2G) ↓ | 网盘附件 | 写信模板　　　　　　　　　　　拼写检查 | ↑隐藏图文编辑

字体 ▼　字号 ▼　　　　　　∞　　　　☺　　　　　　　　　　☆

B　I　U　A　A　—　　　4　　　　签名▼　＜＞

10.

理想点儿好，
还是现实点儿好？

◆ 我的理想遇到现实的阻挡该怎么办？

◆ 在政治信仰中，如何看待理想与现实的关系？

◆ 在现实生活中如何摆正理想与现实的关系？

亲爱的同学：

你好！来信收悉。

你的信中特别说到"是理想点儿好，还是现实点儿好"的问题是困扰你并让你烦恼的主要问题。在你的来信中，你首先点明你是理科学生，然后你从学业和就业的现实性立足点得出"理想信念和价值追求是特别高又特别远的论题"，进而你认为"现实点儿好"；当你与同学关系"越来越疏远并格格不入"，以至于显得形单影只、倍感束手无策和狼狈不堪的你"逐渐沉溺、蜷缩和陶醉于网络世界"的时候，你又认为"理想点儿好"。可见，你对"理想"有两种不同的理解：前一种情况中的"理想"应该是属于政治信仰范畴并具有国家或社会价值观属性的；后一种情况中的"理想"则指的是符合希望和使人满意。而你对"现实"的看法倒还基本一致，你把"现实"看作你关注到的实际存在的周围客观情况以及自己就眼前而言可以从中获取自己所期望的实惠或好处。

所以，我主要谈谈你对"是理想点儿好，还是现实点儿好"的选择。我个人以为，你在两种情形下的两种选择是有待商榷的。

就第一种情况而言，你认为理想问题是特别高又特别远的问题，它对你意义不大；专业知识的学习与掌握对"刚刚入学和毕业必定要工作"的你来说才是最重要的现实问题。我觉得，你的前一方面看法是不对的，如果撇开你的前一方面看法而只看你的后一方面看法，则后一方面道理是可以成立的;但如若对你贯穿在前一方面和后一方面中的那种思维逻辑进行剖析,则你的这个命题的意思是不合理的。那么,究竟应该怎么认识政治信仰层面的"理想"以及它与现实的关系呢?

听上去沉甸甸的"理想"问题并非特别高或者特别远。简单地说,政治信仰范畴中的"理想"是对某种政治形态及其价值追求的总的看法,它对社会方方面面都有十分重大的影响,因而它与社会中的所有人都有千丝万缕的联系。哲人说过,人关于自身的存在的想象确实影响着自身的存在本身。大学时代是这种理想的甄别与确立的关键时期,如果我们深刻体会和践行"大学"与"大学生"这两个称谓的意义与价值,则可以确信你们绝对不只是要学好专业知识,也绝对不是要忽略甚或丢弃政治理想或信仰。从你的来信,我能感受到你其实是个非常有上进心的学生,你很注重自己的发展。作为改造主客观世界之能动力量的一个个人,都应该在意自身的完善,而其中应当包括政治信仰范畴理想的构建、确立甚或实现。

当然,实事求是地讲,并非任何人都必然要有政治信仰范畴中的"理想",但是这种理想毫无疑义地对政党、国家以及个人的意义是重大的。可以说,古今中外的任何国家没有不对自己的成员进行政治信仰的教育引导的,尽管它们的称谓大相径庭,但其根本目的却是殊途同归。我们党和国家的教育方针政策从现实与长远出发,要求高等教育重视理想信念教育,这是极为必要和很有价值的。人被赋予了一种特权,那就是精神的成长。人"使自己的生命活动本身变成自己的意志和意见的对象"。根植在你心中的"理想"可以提升你发现、分析并解决诸多现实问题的能力，因而可以说"理想"是我们想问题、择策略、行实践的重要条件。在社会前进的道路上还会有曲折甚至还会有比较大的曲折，这就更加需要政治信仰范畴的"理想"对人们意志的支撑与指引。政治哲学家埃德蒙·伯克说过："人的特权就是，在很大程度上他也是他自己的创造物。"你的大学时代的状况关系到你未来走什么路和做怎样的人的重大问题，而这都要求你不能忽视"理想"的地位与作用。

再说说政治信仰范畴内的理想与现实的关系吧。这两者总是相关联的。我在此要指出的是，此处的"现实"并非你信中所使用的那个"现实"，因为你所说的"现实"其实是你关注到的那些条件、情形或者状况，而这种现实当然是片面的、不完整的甚至有时还是扭曲的。"理想"必定是在特定时期及其形势下逐渐确立的，并且必定是在一定现实条件下与时代的一系列因素相适应或互动融通而渐渐成熟完善起来的。"理想"是"顶天"的表现，现实则是"立地"的基础。心要有一份追求，现实才被赋予方向和品格，理想与"怎样做一个人，做一个怎样的人"这些我们一生都要诠释、体现和回答的重要理论与实践问题息息相关，从这个意义上讲，"理想"使我们因它而诗意地栖居。

江山如此多娇而你们风华正茂，树立理想信仰是当代大学生应有的可贵素养。作为一名追求进步的大学生的你，更有责任构建和确立与祖国和社会相契合的"理想"，从而发展并完善自己所能够具有但也是在"理想"的条件下所应该有的那些意识、思想和行为、习惯。作为一名大学生，你有责任加强和提升政治理论的学习、掌握与运用的能力和水平，深刻意识到自己所肩负的使命和责任，增强使命感、责任感和紧迫感，牢固树立坚定的理想信念。作为当代大学生，不要仅仅把祖国看做一个主权国家，不仅要把自己所成长的热土看做是一个崛起的民族，而要充分认识到祖国正在不断推进一个伟大的制度形态，我们党正进行着人类文明模式探索中伟大而宏伟的实践。因此，你要坚信人类厚重的历史将见证我们中华民族气势磅礴、不屈不挠的复兴征程，你也要责无旁贷、义无反顾地将自己的成长成才、人生规划与国家的发展及民族的进步紧密联系，在深度与广度上理解、领悟并执行党和国家的路线、方针和政策。具体而言，你应当而且有必要具备社会主义或共产主义的信念，积极融入国家和民族的发展脉搏与命运使命，积极为国家的繁荣富强和民族的复兴昌盛而不懈奋斗。

就第二种情况而论，你认为既然在现实中你与同学的关系不融洽，而网络的虚拟性正好契合你去逃避自己惧怕着的孤独，故你选择了"理想点儿好"。但事实上，你的这种推导方式和你在现实中的做法都不能使我赞同。

在信中，你"对一些同学为人处世的观点和做法不赞同甚至反感"，我想问问你：你这种"不赞同甚至反感"是否能客观公正并问心无愧地说是你的那些同学所作所为确实不合情理？如果你的问答是否定的，那么你应该反思自己的观念和行为；如果你的回答是肯定的，你也可以让自己更加宽容平和，因为"人非圣贤，孰能无过"。同时，你应该严于律己而坚守住自己的那些正确原则，切不可使自己"将错就错"而迷失自己。

从你的信中，我看出你在与同学关系的处理上不尽如人意并且"很少与老师和同学交往"，但这是可以通过恰当的方式有效解决的，而逃避现实并转向网络显然有悖于你的这个问题的良好解决。

人来到这个世界，一开始就被环境影响着。"人是最名副其实的社会动物"，而且"注定比其他一切动物要过更多的合群生活"。对于人类而言，个体的、单独的存在方式有着诸多缺陷，正如著名心理学家维果茨基指出的那样："因为人是社会的产物，因而，缺乏了社会的互动，他就永远不可能发展起人类进化中所形成的属性和特征。"所以，社会互动是构成人存在和发展的诸多不可缺少的要素之一，人们在这种互动中去估价自己的行为、能力及处境，从而去适应、解释或指导自己做什么和怎么做。作为刚刚步入大学新生活的你，确实应调整好自己的身心状态，尽快融入你所在的宿舍、班级和学校，因为"只有在集体中，个人才能获得全面发展其才能的手段，也就是说，只有在集体中才可能有个人自由"。应当承认，许多人作为个人来说，关心着种种不同的目的。但是，"人是一个特殊的个体，并且正是他的特殊性使他成为一个个体，作为一个现实的、单个的社会存在物，同样地他也是总体、观念的总体"。

作为"雷锋纪念日"和"中国青年志愿者服务日"的3月5日刚刚过去，雷锋说的"一滴水只有放进大海里才永远不会干涸，一个人只有当他把自己和集体事业融合在一起的时候才能最有力量"的名句可谓震撼人心。此外，正所谓"独学而无友，则孤陋而寡闻"，因此，站在大学这艘航船上，值得你把握航向，你也能够把握航向。这就要求你正确处理学习和娱乐的关系以及自己与同学或集体的关系，加强自己与同学和老师的友好交往、积极交流，增强集体意识，善于在与他人的相处中取长补短和扬长避短。

你在信中说你专门买了笔记本电脑。这原本可以是你更好地学习和良好娱乐的途径，但是你说："由于网络能弥补我在现实中的空虚和落寞……网聊、网购和玩游戏、看电影等等占据着我的绝大多数时间。"我在想你是否还记得那句振聋发聩的话：逝者如斯夫，不舍昼夜。在我看来，沉溺于网络是浪费宝贵时间的表现。生命只有一次且十分短暂：人不能活无数次或永远活着。而会生活的人，其人生是不会生活的人的人生的许多倍。此外，人人都可以也都应该成为自己命运的设计师和建筑师。大学时光的印痕将深深伴随并影响你的一生。大学，可以是你收获青春的地方，但你也可能一不小心就在这儿错失了青春。所以，切不可堕落，反而要用心经营这段珍贵的大学行程。有"真知"才有"灼见"。好好学习仍是你最主要和最重要的任务，希望你不仅重视学习、勤于学习，而且乐于学习、善于学习。这样有助于你更加接近并好好经营你的梦想。珍惜和珍爱韶光吧。天下事，以难而废者十之一，以惰而废者十之九。希望你用恒心和毅力去做事，任何时候都能坚持做好你自己。为了使大学时光充实而惬意，你就要在这个适当的时候在这个适当的地方使用某些适当的方法去做一些适当的事情，这就需要明确奋斗目标，持续向目标挺进。

当然啦，我十分赞同"文武之道，一张一弛"。所以，要不要上网不是问题所在，问题其实在于上网的目的与意义、时长和时段。"学者用功,须是渐进不已。"你可以参加大学里旨在为你们全面发展、充分发展和长足发展提供良好条件的特色活动,进而在丰富多彩的校园活动中锻炼自我、展示自我、提升自我,努力开拓成长的舞台,从沉溺于网络的迷途中赶紧醒悟并及时挣脱。

我在书屋开始写作这封回信的时候,兰州的天空少见的大雪纷飞、昏暗迷蒙、萧瑟凛冽。在此收笔之际,太阳却屹立于天际,普照着大地,气象已焕然一新。看来,自然事物也会经受风雪的磨炼与考验,但总会享受日光的沐浴与温情。人世间及其世事也遵照这样的原理。时代对你们青年大学生赋予了厚爱和期望,我希望你能尽快调整好状态,在"理想"与"现实"的交互融通中从"心"开始你的大学行程。美好的明天正企盼你的描绘,前方很多美丽的风景正等待你去欣赏。

我衷心祝福你!祝你一路顺风!

王学俭

2012 年 3 月

发送　存草稿　预览　取消

发件人：chey1510@163.com, cumtbcl@163.com ▼　　　　　　　　　添加抄送 | 添加密送 | 使用群发单

收件人：一位困惑于信仰选择的同学

主　题：慎重选择人生信仰

添加附件(最大2G) ↓ | 网盘附件 | 写信模板　　　　　　　　　　拼写检查 | ↑隐藏图文编

字体 ▼　字号 ▼　B I U A A A — 圈 4

11.

慎重选择人生信仰

◆ 我是否应该有自己的信仰？

◆ 信仰什么东西，是可以选择的吗？

◆ 如何来选择自己的信仰呢？

亲爱的同学：

　　你好！

　　你的来信我已经收到了，在仔细阅读了你的信，了解你关于信仰和信仰选择问题的困惑以后，我思考了很久。首先要谢谢你对我的信任，很高兴能和你进行这样深入心灵的沟通，我也非常愿意和你这样年轻的学生和朋友共同探讨信仰问题，因为这也曾是我青春时代面临并思考过的重大问题之一，并且对我的人生产生了重大影响。信仰可以说是一个人对世界观、人生观和价值观等的选择和持有，你开始思考信仰和信仰选择问题就说明你的世界观、人生观和价值观已经开始逐步构建，说明你正在从懵懂走向成熟，正在经历成长道路上必经的而且非常重要的一个阶段。虽然你正为信仰问题而苦恼，我却真心地为你高兴。

　　你问我信仰究竟是什么，你是否应该有自己的信仰，我认真地回答你：信仰是人们在认识、接受某种理论、学说、思想体系的基础上所形成的强烈的情感倾向和坚定的意志力。人与动物的本质区别在于人的自觉而自由的活动，信仰就是影响人类自觉而自由活动的巨大精神力量，人正是因为拥有信仰而成为"万物的灵长"，因为拥有信仰而真正作为"人"屹立于世间。信仰是理想的支柱，是精神世界的核心，是富于思维的人类所普遍具有的意志品质。人是需要信仰的。哲人说，未经思考的人生，不值得一过。而人的终极思考，就是信仰。一个拥有信仰的人才算得上是一个真正的人,而那些没有信仰的人则生活在蒙昧之中。一些人,尤其是年轻人看到社会上的一些问题时缺乏理性思考,难以理解也无法解决问题,便希望自己不去信仰,用玩世不恭表示自己没有信仰,也不选择任何信仰,这当然是不好的。

从古至今,人们信仰的对象可以分为两大类:物质的和精神的。远古时代,天地万物等自然现象是人们的信仰对象,后来随着人类社会和人们认识的不断发展,人类从对物的崇拜慢慢走向对精神的探究,于是人们开始信仰神灵,信仰理念,最后出现了政治信仰。其实,从本质上看,人类的信仰只有两种:非理性信仰和理性信仰。

非理性信仰是把人类的理性和信仰绝对地对立起来的信仰,是拒绝知识指导和实践检验的一种盲目的、屈从式的、缺乏科学的信仰,它建立在对事物发展规律错误认识甚或迷信的基础之上,是背离理性的,非科学的。从实质上说,宗教信仰属于非理性信仰,是在人类生产力和科学都极不发达的情况下产生的,虽然在人类社会发展过程中曾起过一定作用,但随着生产的发展和科技的进步,宗教信仰已经并将不断面临挑战。

理性信仰是认为人类理性和信仰可以统一起来的信仰,它建立在对事物发展规律正确认识的基础之上,可以在实践中不断受到检验,并且不断完善。理性信仰是一种科学信仰,它倡导坚持真理,崇尚科学,追求真善美,痛斥假恶丑。在人类历史的长河中,出现过与非理性信仰英勇抗争而献出生命的布鲁诺,也出现过坚定追求理性信仰的哥白尼和开普勒。在中国现代史上,为共产主义的崇高信仰抛头颅洒热血的共产党人是理性信仰和科学信仰的追求者。

当代大学生是受着高等教育、具有良好科学素质和道德文化素质的年轻人，在面对这样两种信仰的时候，理应毅然决然地选择理性的、科学的信仰。

那么大学生又应该如何选择自己的信仰呢？

改革开放以来，随着社会主义市场经济体制的建立，随着国外各种思潮的涌入，各种新观念、新事物不断出现，当代社会价值取向呈现出多元化发展的趋势，传统的价值观面临挑战。由于大学生的思维方式尚未完全成熟，同学们面对五花八门的社会思潮和价值观念，难免在信仰问题上产生困惑，不知如何选择；又因为受崇尚自由、张扬个性的流行文化影响，容易把信仰的选择简单看做是仅与个人有关的行为，从而走入选择的误区。的确，每个人都有选择自己信仰的自由，信仰严格讲应当是自己选择的而不是外部强加的。但是，信仰的选择又绝不仅仅是个人的事。实际上，在信仰的选择过程中，每个人自主的选择在具有鲜明的个体性的同时还具有深刻的社会性。因为任何个人都是生活在社会中的，都不可能脱离社会而单独存在，所以，个人信仰的选择必然受到社会客观历史条件的制约，正确的信仰选择应该是个体性和社会性的有机结合。个人的信仰选择是自由的，但背离社会前进方向、违反社会发展规律的信仰选择必定会使人误入歧途。

近几年来，以我国抗日战争和解放战争为历史背景的"谍战剧"在艺术舞台上不断推出，对一部名为《潜伏》的电视剧好评如潮，其中有一个情节令我印象深刻：国民党天津情报部门的特务李涯讽刺另一个用情报换美元的特务谢若林"没有信仰",谢若林很干脆也很无耻地回答:"我有信仰,我信仰生存主义。"意思是说,个人的生存至上,他为生存而活着,只要能活着,其他通通无所谓,为了钱,为了生存,他可以和任何人、任何党派做生意,把对战争至关重要的情报卖给谁都行。谢若林虽然是电视剧中虚构的人物,但他的这种"信仰"却并不是凭空捏造的。这种"信仰",它完全无视个人与社会的辩证关系,丢掉了信仰选择的社会性,放弃了一个中国人应有的社会担当和历史责任。与谢若林这样的人选择这种所谓的"生存主义"的信仰相反,无数革命先烈在祖国和民族危难时期自觉自愿地选择了顺应历史潮流、推动社会发展的共产主义信仰。

1928年10月,25岁的共产党员陈觉由于叛徒的出卖被捕入狱,在即将就义之前,他在给妻子赵云霄的遗书中这样写道:"谁无父母,谁无儿女……我们正是为了救助全中国人民的父母和妻儿,所以牺牲了自己的一切。"这种舍小我求大我,舍小家顾大家,为了救助全中国的父母妻儿甘愿牺牲自己一切的行为,生动地体现出了共产党人宽广博大的胸怀和无私奉献的精神,也具体地体现出了共产主义信仰的精髓和价值。就在五个月后,23岁的赵云霄给初生的女儿喂完最后一次奶,留下遗书,从容赴死。方志敏同志在1935年1月被捕之后,在狱中面对敌人的百般诱降和严刑拷打,始终坚贞不屈,在极为艰苦的条件下写下了这样的诗句:"敌人只能砍下我们的头颅,决不能动摇我们的信仰!因为我们信仰的主义,乃是宇宙的真理!为着共产主义牺牲,为着苏维埃流血,那是我们十分情愿的啊!"这铿锵有力的誓言,质朴无华的字句,诠释了共产党人钢铁铸就的意志、坚如磐石的共产主义信仰。无数的共产党人怀着崇高的共产主义信仰,前赴后继、视死如归,带领全国人民历经磨难、艰苦奋斗,终于实现了民族独立、人民解放,开启了实现国家富强、人民富裕的壮丽征程。

在相同的社会条件下,不同的人可能选择不同的信仰。我们看到,在祖国和民族面临存亡兴衰的危难时刻,有人选择所谓"生存主义"、利己主义,甚至为侵略者当走狗的卖国主义,背离社会历史发展潮流,站在了祖国和人民的对立面,成为祖国和民族的罪人;而广大的共产党人则坚定地站在祖国和人民的立场上,胸怀崇高的共产主义信仰,顺应社会历史发展潮流,作为中国人民和中华民族的先锋队,英勇地领导全国人民取得新民主主义革命的胜利。历史车轮滚滚向前,世事变迁沧海桑田。在改革开放不断扩大的今天,在社会主义市场经济体制日益完善的今天,在社会价值取向多元化发展的今天,人们对信仰的选择也呈现出多元化、多样性的态势。

在社会主义市场经济条件下,整个社会的经济行为主要由价值规律来调节,追求经济利益的最大化,它使人们认识到物质、金钱的重要性,要求人们扬弃传统的计划经济体制下形成的价值观念,树立商品观念、利益观念、竞争观念、平等观念、效益观念等一系列新的价值观念,给社会经济发展提供精神支撑,为经济发展指明人文方向。但是,市场经济的消极影响和负面作用也是确实存在、不容忽视的。改革开放以来,西方资本主义国家的各种思潮大量涌入,我国社会出现了一些用个人利益衡量一切的、一切向"钱"看的价值观念,形成了一些功利主义、极端个人主义、拜金主义的所谓"信仰"。选择功利主义、极端个人主义、拜金主义的人只注重个体的利益得失,不仅忽视了信仰选择的社会性,而且完全无视信仰选择的超越性。诚然,为了益于人在精神上的安顿,任何人的信仰都会有为个体自我服务的一面,信仰选择确实有其某种个人功利的动因,然而这种功利已经不是有赖于个体眼前物欲的满足来实现,而是在追求并奉献于所信奉对象的付出或牺牲的过程中得到精神性的满足。应当说,真正的信仰都是对眼前的、有限的、狭隘的利己欲望的超脱,而着眼于对长远的、无限的、博大的利他目标的追寻,也会为了永恒的光荣而舍弃暂时的物质需求。我国"航天之父"钱学森就用自己的正确选择给我们诠释了什么是真正的信仰。

新中国成立前,钱学森在美国从事空气动力学和火箭、导弹等领域的研究,在 28 岁时就已成为世界知名的空气动力学家,他的妻子蒋英也在音乐界享有盛誉,在美国有着优厚的工作和生活待遇。然而,新中国的成立使客居美国的钱学森心潮澎湃,十多年的辛勤准备,终于到了报效祖国的时候。他兴奋地向妻子说:"祖国已经解放,我们该回去了。"由于钱学森在美国工作的十多年间为美国航空和火箭技术的发展作出了重要贡献,当得知他要回国时,美海军部副部长立即给司法部打电话,要求无论如何都不要让钱学森回国,甚至说"宁可毙了他,也不要放他回国"。但是,美国军方的重重阻挠并没有让钱学森屈服,他在失去自由的日子里,仍然坚持斗争,寻找回国的时机。直到有一天,他从海外华人报纸上看到他熟悉的世交陈叔通和毛主席一起在天安门城楼检阅游行队伍的消息，就立即给陈叔通写了一封请求祖国帮助他回国的信，并且把信夹在蒋英写给她在比利时的妹妹的信里，才逃过美国军方的监视，悄悄地寄到了陈叔通那里，送到了周总理手上。后来通过中美外交交涉，钱学森和家人历经磨难终于回到了祖国。回国之后，钱学森一心扑在国家航空科研工作中，毫不在意艰苦的生活条件，他还把自己刚出版的两部科学巨著的稿费作为党费上交。钱学森放弃国外的优厚环境和待遇而报效祖国的选择，集中体现了他崇高的爱国主义信仰和共产主义信仰，他的选择在当今社会主义市场经济条件下更是显得弥足珍贵，对于当代大学生的信仰选择同样具有深刻的启迪意义。

毫无疑问，信仰的选择对于年轻人来说是至关重要的事，你在来信中说要花点时间认真思考这个问题，这是应该的、值得的。当代大学生在选择信仰的时候，一定要理性思考，慎重选择。具体地说，应该先付出时间和精力去学习和理解，并在这个过程中逐渐相信，先理解进而执著地去信仰，不要盲目相信，也不要随大流。信仰的坚定源于理论上的清醒。科学的信仰不可能来自朴素感情或自发意识，而是建立在对社会发展客观规律深刻认识的基础之上。有了理论上的清醒，才能拥有正确的世界观和方法论。与此同时，在选择信仰的过程中，既要看到信仰的个体性和实践性，又要看到信仰的社会性和超越性，努力地把主观和客观有机结合起来，把个人自主选择与社会发展趋势有机结合起来，把个人兴趣和社会需要有机结合起来，超越小我而达大我，超越利己而达利他，超越物欲而达精神，从而选择理性的、科学的、崇高的信仰。

亲爱的同学，信仰的选择是一个永恒的话题，有很多想法在信中还言犹未尽，希望以上的建议能对你有所帮助，期待再次收到你的来信。

祝学习进步，一切顺利。

陈勇　陈蕾

2012 年 6 月

生活的信仰

发送 | 存草稿 | 预览 | 取消

发件人：mucliushuhong@126.com ▼   添加抄送 | 添加密送 | 使用群发单

收件人：一位询问生活理想的同学

主 题：我应该树立什么样的生活理想？

添加附件(最大2G) ↓ | 网盘附件 | 写信模板   拼写检查 | ↑隐藏图文编

字体 ▼ 字号 ▼

B I U A A 一 圖 ∠ ⊞ ▣ 签名▼ <>

12.

我应该树立什么样的生活理想？

◆ 什么是生活理想？

◆ 在当今时代，"朴实的生活理想"是什么样的？

◆ 树立朴实的生活理想的意义何在？

亲爱的同学:

你好!

收到你的邮件非常高兴。据我所知,一些同学是不愿意上思想政治理论课的,教材更不愿意翻看;而你不仅在课后较为详细地阅读了教材的相关内容,并且还提出了生活理想问题。你的认真学习的态度非常值得表扬,同时我也非常愿意与你就这个问题进行交流。

你说教材提到了"生活理想"这个概念,但没有相关解释,老师在课上也没有重点讲授,而你自己感觉却非常需要得到这方面的指导,想听听我的"高见"。"高见"不敢当,交换看法是可以的。首先,应该肯定的是,你能够提出这个问题很了不起,这说明你是一个勤思善问的好学生!同时,我也要进行检讨,这个问题我没有给予足够的重视,甚至在课上只是一带而过,非常抱歉!今天,我就借这个机会,谈一谈我个人对生活理想的理解。

生活理想是指人们对未来物质生活、精神生活和家庭生活等方面的向往与追求,是在生产生活实践中逐步演化、发展起来的,它主要体现为衣、食、住、行、用和娱乐等日常生活方式,是人生信仰的重要组成部分。人们的生产生活实践是相当广泛的,生活理想的内容也极为丰富。生活理想不仅涉及人们的切身利益和要求,涉及人生旅程的各个阶段和方面,而且还涉及社会生活的各个领域。人们所处的社会历史条件不同,人生价值追求不同,生活理想的内容、水准、层次等都会有所不同。历史上剥削阶级的生活理想,是无止境的私欲追求和奢侈的物质享受;而现实中广大群众的生活理想,则是不断提高日益增长的物质生活和文化生活需要。

人们的生活理想,还是一定历史发展阶段的产物,总会打上时代的烙印,并且与民族传统、时代特征和人们特定的经济地位密切相关。新中国成立六十多年来,我国经济取得了举世瞩目的成就,这是任何人都不能否认的事实。但总的来说,生产力水平还比较落后,物质文明还不发达,人均国民生产总值还不太高,市场经济体制还不完善。我国正处于并将长期处于社会主义初级阶段。立足于社会主义初级阶段这个基本国情,是当代大学生树立和培育科学的生活理想的基本前提。

同时,当今大学生的特殊身份和经济地位是他们树立和培育科学的生活理想的又一重要因素。青年大学生虽然大多已满 18 周岁,已经到了自食其力的年龄,但特殊的求学经历延长了他们再社会化的进程。据我了解,如今在校大学生的主要经济来源来自父母、亲友等,而且消费数额呈逐年上升的态势,甚至在农村地区已经成为家庭的主要支出项目。

此外,当代大学生树立和培育科学的生活理想,还应该与我国的传统美德相适应。中华民族自古以勤俭节约著称。古人云:"克勤于邦,克俭于家。"又说:"清澹者,崇德之甚者;忧勤者,建业之本也。古来无富贵之圣贤,无宴逸之豪杰。""勤俭两件,犹夫阴阳表里,缺一不可。勤而不俭,譬如漏卮,虽满积而亦无所存;俭而不勤,譬如石田,虽谨守而亦无所获。须知勤必俭,俭必要勤。"等等,这些都是世代传诵的至理名言。简朴能够养德,奢靡必然丧志。奢侈、浮华、浪费,必然使人丧失奋斗的锐气,消磨人的精力;朴素、节俭则能磨炼人的意志,增强人的毅力。即使在社会生活日益丰富多彩和现代化的今天,朴素和节俭仍然是关系人们事业成功和个人幸福的基本素养。因此,在校大学生应该树立和培育朴实的生活理想,这是科学的生活理想在当代的具体表现。

不过,需要特别指出的是,我在这里提倡树立朴实的生活理想,不是要今天的大学生都过"苦行僧"般的生活,况且这里所说的"朴实"与以前人们所讲的"朴实"的内涵是有区别的。过去,人们一讲"朴实"二字,就会使人想起"新三年,旧三年,缝缝补补又三年"的穿衣传统。显然,我们今天的物质生活与以前已不可同日而语了。我这里所说的"朴实"是相对于今天青年人中悄然兴起的攀比风、超前消费以及高消费而言的。我听说,有的同学一入学就追求"新三大件",有的同学动辄拿上千元钱到饭店去举办生日宴会,还有的同学为了参加毕业面试买上千元的西装,甚至还有的同学整日把名牌挂在嘴边、用在身上。凡此种种,不胜枚举。面对这种不良倾向,确实有重提"朴实"的必要,也确实应该树立朴实的生活理想。其实,"朴实生活理想"之"朴实"的真正涵义则是在充分享受今天发达的物质文明的前提下,在日常饮食起居方面,尽可能做到能俭则俭,能少花钱甚至不花钱就能办到的事情,就少花钱或不花钱(当然,必须以守法为前提)。尤其在个人服饰和用品上,要严格遵守实用、节俭、美观、大方的原则,把有限的钱款用在刀刃上。所有这些,才是今天我们提倡树立和培育朴实生活理想的初衷和宗旨。

树立和培育朴实的生活理想,对于当代大学生的成长成才是极其必要的。朴实的生活理想是当代大学生实现人生目标的动力之源。一个人成才与否,往往与其拥有什么样的生活理想密切相关。朴实的生活理想,可以催人奋发向上,目光远大,并且不计较个人得失,总能朝向既定的奋斗目标前进,即使遇到挫折,也不会轻言放弃。腐朽没落、追求奢华的生活理想,往往会使人碌碌无为,目光短浅,甚至为了追求个人的物质享受而不惜触犯国家的法律。近年来,纷纷"落马"的高官显贵,就是这一方面的极好例证。

朴实的生活理想也是大学生科学分配时间、精力和财力的指南针。时光如梭,青春易逝。几年的大学生活,转眼即逝。对于大学生而言,如何科学分配自己的时间、精力和财力,是每个人必须面临和回答的课题。在校大学生一旦树立了朴实的生活理想,就能把有限的精力、时间和财力投入到无限的知识积累和提高文化修养之中去,就能科学支配自己的"财力",并能科学看待自己的经济处境。家庭条件不好的同学树立了朴实的生活理想,不仅不会因为自己的家庭条件不如人而无地自容,相反会激励他们奋发图强,顽强进取,知难而上。家庭条件好的学生树立了朴实的生活理想,不仅不会把家庭条件作为向同学炫耀的资本,相反他们会充分利用这一优势来发展自己,甚至会拿出一部分钱财来救助需要帮助的贫困同学和其他需要帮助的人。

当然,生活理想只是理想系统中的一个重要组成部分,正确理解生活理想还应该明晰生活理想在这个系统中的地位和作用。从内容来看,如教材所述,理想有社会政治理想、道德理想、职业理想和生活理想之分。在这个理想内容体系中，社会政治理想是核心，生活理想是基础，道德理想和职业理想是连接政治理想和生活理想的桥梁和纽带。一方面，人们只有树立了科学而崇高的社会政治理想，才会有科学而崇高的道德理想、职业理想和生活理想。我们每个人的生活理想是与社会政治理想密不可分的。有什么样的社会政治理想，就会有什么样的生活理想。社会政治理想决定生活理想的层次和水平，也就是在这个意义上，理论界和教育界特别强调社会政治理想的研究和宣传。另一方面，生活理想又是社会政治理想、道德理想的基础。人们的认识总是从感性认识开始，然后逐步上升到理性认识的，个体理想的形成也是这样。对于个体而言，人们最先感知的是自己的饮食起居，是具体可感的活灵活现的生活。生活理想是理想系统中离人们的生活最近、最直观、最现实的一种理想类型。一般情况下，崇高政治理想和道德理想的确定是离不开科学的生活理想的。一个没有科学的生活理想的人，是很难确立崇高的社会政治理想和道德理想的。因此，当代大学生在注重培育社会政治理想的同时，还应该注重科学的生活理想的培育。

　　唠唠叨叨说了这么多，不知你是否同意我的看法？有不同意见，欢迎及时反馈。

　　祝你天天拥有一份好心情！

刘树宏

2012 年 4 月

发送　存草稿　预览　取消

发件人： mucliushuhong@126.com ▾　　　　　　　　　　　　添加抄送 | 添加密送 | 使用群发‖

收件人：一位遇到了理想困惑的同学

主　题：我有这样的理想难道错了吗?

添加附件(最大2G) ↓ | 网盘附件 | 写信模板　　　　　　　　　　拼写检查 | ↑隐藏图文纟

ᔭ　字体 ▾　字号 ▾　ᘞ ᘞ ᘞ ᘞ　ᴔ ▦ ▦ ☺

ᔀ　B I U A A A ― 囲 ᴬ　▦ ▦ 签名 ▾ ‹›

13.

我有这样的理想
难道错了吗?

◆ 什么是理想?

◆ 个人理想是如何产生的?

◆ 怎样提升个人理想的层次和境界?

亲爱的同学：

你好！

来信收到。在信中，你谈到了理想方面的困惑，想听听我对这个问题的理解。遇到不理解的问题主动寻求帮助，这种主动意识很好！同时，我也非常愿意与你交流对这个问题的看法。

你说，你现在的理想是"毕业后能有份收入不错的工作，能靠自己的能力养活家庭，赡养父母，然后有一定的闲暇时间写点自己想写的东西"。对于这个理想，你的室友谴责说，"你的理想不伟大，也很平庸，就是想要一个幸福的小家庭而已，不给力！"后来，你身边的很多人也都认为，你的理想"不应该仅仅是这样"。现在，你自己对此也产生了怀疑："我这个理想是否合理、合适？我有这样的理想难道错了吗？"

你的心情我非常理解，也对你重视理想问题感到由衷的高兴！其实，分析一个问题是正确还是错误，不能想当然妄下结论，必须深入到问题的内部才能辨明真伪。你的问题关乎理想，那么就让我们一起来了解一下理想的相关内容吧。

理想是人们在实践中形成的、有可能实现的、对未来社会和自身发展的向往与追求，是人们的世界观、人生观和价值观在奋斗目标上的集中体现。人们的理想不是空穴来风，也非头脑杜撰，而是人们生产生活实践的产物。你拥有上述理想，也是你生活实践的产物，是你生活的一种反映。不过,这里所说的"反映",不是我们平时所说的照镜子,而是对现实的一种"特殊反映",即它来源于现实又高于现实, 是对现实的一种合乎规律的超越,与现实是若即若离的关系。你说"毕业后能有份收入不错的工作", 这表明现在的你还是一名在校大学生,"毕业后" 是指未来的时间和空间。现在的你不仅没有"工作",而且更没有"收入不错的工作"。所有这些希望都是你基于现在的情况而对未来 (只不过时间较短)的一种美好的向往或追求,是属于你对自己未来职业的一种打算,属于职业理想范畴。"靠自己的能力养活家庭",这说明现在的你还没有属于自己的温馨的小家庭,你希望在未来能够建立起一个这样的家庭,要承担起对它的责任,尤其是经济责任,这折射出了你对未来小家庭的责任心和使命感。"赡养父母"这说明现在的你还不能赡养父母。把"赡养父母"作为自己理想的一个有机组成部分,对于"啃老"日益成为"潮流"的今天,更难能可贵。不过,这也是在现实基础上产生又高于现实的。现在的你还不能赡养父母,在毕业后你想实现这个愿望。此外,你对自己的生活尤其是业余生活也有一个小小的打算,那就是"有一定的闲暇时间写点自己想写的东西",这说明你现在有写作的业余爱好, 只是没有时间从事这件事情。"能靠自己的能力养活家庭,赡养父母,然后有一定的闲暇时间写点自己想写的东西", 这属于生活理想范畴。不论是你的职业理想还是生活理想,都是你现实生活的产物,是一种社会意识,而且这种社会意识是由社会存在决定的。换言之,你的职业理想和生活理想是你们这个年龄段的年轻人在未走入社会之前的产物。由于你对现在"现实"的不满意,有改变这一"现实"的主观需要,这个需要是你产生这些理想的内在动力。一个对"现实"沾沾自喜、满足现状的人,是不会拥有这些理想的。所以,从这个角度说,在你这个年龄段拥有这样质朴、真实的理想是值得肯定的。

同时,我们知道,理想又是不断发展变化的,它还具有阶段性,这是你的理想涉及到的另一个理论问题,也是我上文强调"在你这个年龄段"的主要原因。理想是在一定实践基础上产生的,而实践是不断发展变化的,理想也像其他社会现象一样,也会随着实践范围的不断扩大和实践程度的日益加深而不断发展变化。在不同的年龄段,人们的具体理想也会有所不同。马克思主义认识论告诉我们,任何真理都有自己特定的对象、范围和条件,如果超出了这些具体的规定,就像列宁所说,"只要再多走一小步,仿佛是向同一方向迈的一小步,真理便会变成错误"。理想也是这样。具有什么样的理想才是值得肯定的,不能一概而论。心理学把人生分为三个大的阶段:幼年时期、成年时期、老年时期。在幼年时期,人们还没有真正成为社会人,一般还没有社会职业角色,但他(她)身边人的榜样促使他们有了对于职业角色的一些表象的认识,产生了一定的情感,有了一定的意志。处在这个年龄段的人往往会拥有对未来职业和生活的一种向往和追求。大学生处于青年期,青年期是从幼儿期向成年期的过渡期。这时,青年的理想既具有幼儿的幻想性,又具有成年的理性。一般而言,大学生最关注的是职业理想和生活理想,而且这时的职业理想和生活理想不再像儿童时期那样具有幻想色彩,而是具有了一定的理性成分,这也就是你和绝大多数同学具有职业理想和生活理想的主要原因。当人们进入成年期即有了职业,结婚生子拥有了自己的小家庭之后,幼儿期的理想就会得到进一步矫正。一般情况下,这时候的人们就会对"新的现实"产生不满,这种不满会促使人们产生新的理想。处在这个阶段的人们所具有的理想往往是关于工作业绩和家庭成员方面的理想。进入到老年期以后,人们还会具有老年阶段所特有的理想,这时人们的理想往往与身体健康、延年益寿有关,这也是电视健康类节目观众基本都是老年人的主要原因之一。因此,你拥有的理想只是你这个年龄段的产物。随着你的年龄的增长和社会阅历的增多,你这个理想很快就会变成"现实",你的"旧理想"就会被"新的理想"所代替。积极进取的人生,基本上就是旧的理想不断变为现实,新的理想不断产生的过程。理想的辩证否定过程就促使了个体人生的不断发展和完善,也促使人生境界不断提升。在这个意义上说,你的上述理想对于一个成年人来讲,基本就是现实而非理想,他只是尽到了法律的底线义务而缺乏更高尚的道德追求。确切地说,这样的成年人没有理想。因此,如果有了工作、家庭之后,再有这样的理想,就不足称道了。我相信:你肯定不会是这样不思进取的人!

另外,理想还具有社会理想和个人理想之分。理想内容有关于社会的理想,也有关于个人的理想。关于社会未来发展的向往和追求,就是我们通常所说的社会理想。关于个人未来发展的向往和追求,就是我们通常所说的个人理想。社会理想与个人理想的关系,是你在来信中所提到的另外一个重要的理论问题。你说,你周围的许多同学认为"你的理想不应该仅仅是这样"。关于这一点，我也有同感。我不太清楚同学们说"不应该仅仅是这样"到底是什么意思，但有一点是值得肯定的，同学们认为你的理想单调、乏味，不够丰满，这一点我也是赞同的。下面，我就谈谈我对这一方面的看法（可能我的理解与他们的有所不同）。

从理想的内容来看，你向室友们谈论的理想基本上属于个体理想层面的内容。你的理想所涉及到的人物是相当有限的，只是自己和家人，而对于社会理想根本没有涉及。社会理想不是可有可无的，相反，社会理想是极其重要的。我们中国有句俗话：知恩图报。大学生成长成才的每一步离开了社会的关心和帮助，能够顺利实现吗？远的不说，就拿现在的你现在的大学生活来说吧。没有九年制义务教育，仅凭你自己父母的能力，你能够走入大学吗？如果没有国家的大量财政补贴，仅靠你父母你能够上得起大学吗？你可能会说：老师，我也交学费了。你交的那点学费够支付老师的工资吗？而教师工资只是高校财务开支的一小部分呀！总的来讲，在我们中国大陆，目前我们绝大多数还是在廉价上大学甚至免费上大学，在享用他人为我们提供的劳动果实。不仅有父母家人养育了我们，更有国家、政府和其他具有劳动能力的成年人养育了我们。因此，等到我们成年之后，我们还要回报社会的这份养育之恩，承担起我们在成年时期应该承担的社会责任，这就是要及时树立起相应的社会理想的深刻原因。社会理想不仅不是可有可无的，而且是绝对不能忽视的。个人理想与社会理想是相辅相成、辩证统一的关系。个人理想只有与社会理想有机地统一起来,个人理想才能实现。理想是否崇高,说到底,就是为谁服务、为多少人服务的问题。个人理想与社会理想的统一,最根本的一点就是要确立起高尚的个人理想,要使个人理想尽可能为较多的人服务。一个人的理想在为自己和家人服务的同时,还应该尽可能多地为社会上更多的人服务。只有这样,个体理想才算与社会理想达成了统一。所以,现在的你的理想只关心你自己和家人,这是可以理解的,而且我在你这个年龄也像你一样。不过,我相信,等你拥有了工作,建立了自己的小家庭之后,你会以自己的工作岗位为平台,为你的工作对象、为社会上更多的人服务的。我想,这就是你的理想"不仅仅是这样"的真正涵义吧。

因此,我认为,你现在的理想并没有错,只是层次还不够高,内容也不够丰满。希望你在以后的生活中,不断提高自己的理想层次,增加理想的社会内容,使个人理想与社会理想相结合、家庭责任与社会责任相统一,在完善自身的同时,更好地奉献社会。

好了,唠唠叨叨说了这么多,不知道你是否满意?有不同意见我们随时可以交流。常联系。

祝你天天 Happy! ☺

刘树宏

2012 年 5 月

发送 | 存草稿 | 预览 | 取消

发件人：wangxj@lzu.edu.cn ▼   添加抄送 | 添加密送 | 使用群发单

收件人：刚步入大学的新同学

主　题：调整好心态，用心经营大学行程

添加附件(最大2G) ↓ | 网盘附件 | 写信模板   拼写检查 | ↑隐藏图文编辑

字体 ▼ | 字号 ▼ 　 B I U A A A — ▦ 4 　 签名 ▼ ‹›

14.

调整好心态，
用心经营大学行程

◆ 怎样克服自卑感？

◆ 如何调整心理落差？

◆ 怎样适应大学校园新生活？

亲爱的同学：

你好！

你的来信我已收悉。谢谢你对我的信任。作为一名有着三十多年教龄的思想道德修养和法律基础课老师，也作为一名长辈，我确实有很多话想和每一个像你这样刚步入大学的同学说，你们健康快乐地成长是我们这些教育者和长辈们的夙愿。借此机会，我很愿意和你们敞开心扉，深入交流。

首先我诚挚地祝贺你通过不懈拼搏，经历高考的洗礼和筛选，最终能够走进你梦想中的大学。无论你的成长经历有多么的曲折，无论现实的大学生活让你有多么的失落和迷茫，但你能够通过自己的努力在众多学子中脱颖而出，以自己坚强的意志克服了生活中的种种障碍而最终来到这里，这就至少证明了你是优秀的，你有能力做得比别人更好，你赢得了你成长过程中的一次很重要的机遇。我相信，只要你能够摆正心态，积极乐观地去面对新的学习和生活环境，就一定能够"长风破浪会有时，直挂云帆济沧海"。

你在信中提到"我该怎么办"是你进入大学以来一直困扰着你的主要问题。你在来信中，提到了你是一名来自偏远山村的学子，从小家庭变故使你变得性格内向、沉默寡言，没有勇气和别人去交流，尤其是进入新的大学环境中，面对着新的生活和学习方式，看到别的同学乐观开朗、衣食无忧，你变得更加的自卑。我很能理解你的心境,但是这些困扰着你成长的因素不应成为你踟蹰不前、放纵消沉的托词,相反,你的出身背景、成长过程中的坎坎坷坷应该成为你比别人更加努力、更加坚强的动力。积极的人在每一次的忧患中能看到一个机会,而消极的人则在每个机会中看到的是某种忧患。你成长中的崎岖坎坷不是你成长道路上的绊脚石,而恰恰是你战胜困难、赢得胜利的资本积累。你能够十年寒窗,从高考的磨砺中走出来,就说明你有这样的能力和勇气。你要克服自卑,以积极乐观的人生态度去面对生活中的艰难险阻,看到这众多困难中难得的成长机遇。"宝剑锋从磨砺出,梅花香自苦寒来。"古往今来,多少杰出人物都是在艰难困苦的环境中成就了非凡的伟业。

司马迁在《报任安书》中有云:"盖西伯拘而演《周易》;仲尼厄而作《春秋》;屈原放逐,乃赋《离骚》;左丘失明,厥有《国语》;孙子膑脚,《兵法》修列;不韦迁蜀,世传《吕览》;韩非囚秦,《说难》《孤愤》;《诗》三百篇,大底圣贤发愤之所为作也。"世上没有绝望的处境,只有对处境绝望的人。经历了艰难困苦的洗礼,才能在逆境中不断成长,实现自己的人生理想,成就一番伟业。纵横古今,孔丘韦编三绝,孙敬头悬梁,苏秦锥刺股,匡衡凿壁借光,陈平忍辱苦读书,范仲淹断齑画粥,车胤囊萤照读。一代伟人毛泽东,小时候无钱买书,徒步二十多里路到亲戚朋友家去借书读,白天出去放牛,晚上就在昏黄的豆油灯下苦读。就是这种追求知识的精神和坚忍不拔的毅力使他有着宏大的理想和抱负,才使他后来成为中国杰出的人民领袖。伟人之所以伟大,是因为他与别人共处逆境时,别人失去了信心,他却下决心实现自己的目标。在苦难的磨砺中成长的例子不胜枚举,这也充分向我们昭示了一个道理:在苦难和挫折中迎难而上,树立乐观自信的人生态度,风雨过后,迎来的将是色彩斑斓的彩虹。

从你的来信中我看得出你是一个很坚强的孩子,有理想抱负,有决心,有毅力,但是也能看得出你很敏感,情绪和情感上有着强烈的波动。其实,这些情绪不仅表现在你身上,而且也表现在像你一样的许许多多高校贫困学子的身上。由于自卑心理,自己变得更加沉默、谨慎、自我封闭和情绪化,在人际交往和群体活动中造成了不同程度的困难,难以融入群体之中。在你们看来,高中阶段一切以学习为重,因此,学习上的优越感可以弥补其他方面的不足。进入大学,面对着新的学习和生活方式,每一个新生都面临着心理、情感、行为方式、理想目标以及为人处世等的转变和在新的起跑线上竞争和拼搏的开始,不再像以前那样单纯地把学习作为评价和衡量指标,能力和性格上的缺陷就凸显了出来,而在这时,如果处理不当,就会对整个大学阶段的学习和生活造成不良影响,进一步影响到今后的工作和生活。这就是在你适应新的大学生活时所产生自卑和心理落差的原因。

由于你所处的年龄阶段和自身阅历的限制,你还没能够很好地认识到家庭经济贫困和成长过程中的艰难险阻是不依你的意志为转移的,贫困和磨难并不是缺点,更不是耻辱。首先你需要端正个人的认知态度,坦然面对贫困和曲折,把它当成你前进和奋斗的动力。在心理上你要摒弃你逃避和退缩的应对方式,积极主动地和周围的老师、同学交流。正如先贤孟子所言："爱人者,人恒爱之;敬人者,人恒敬之。"良好的人际关系始于自我的积极主动和热情开放,以自信乐观的姿态主动和外界交流和沟通,你会发现周围的人并不是你所认为的那么冷漠和无情,他们会热情地接纳你,真诚地和你交流。在学习态度方面也要做出调整和改变。大学的学习方式完全不同于中学阶段,要尽快地掌握新的学习规律,适应新的学习氛围,胸怀远大理想,脚踏实地。学习上的调整是你克服自卑、消除心理落差的关键。另外,大学的课余时间较多,在学习之余要积极地参加社会实践、社团活动、文艺表演等,使自己有更多的机会接触社会、开阔眼界、锻炼自我。这些活动有助于你走出心里的阴霾。

你在信中还提到了进入大学以来的心理落差、生活自理、适应新的学习方式、如何处理学习和学生活动以及人际关系等方面的问题。这是每一个像你一样的大学新生需要面对和解决的难题。下面我将围绕着这些问题和你谈几点希望,希望你尽快地适应新的大学学习和生活环境,在大学这个舞台上不断地充实自我、完善自我,实现自己的人生理想和目标。

要调整状态,从"心"开始大学行程。当今社会,日新月异、百舸争流,无论何时何地,一个人适应新环境和新情况的速度与程度总影响着这个人的发展和进步。大学和你以往的学习阶段有很大差别,因此每一个刚刚进入大学的新生必会经历一个过渡期,希望你能够主动调整身心状态,克服自卑心理,乐观自信,以便更好更快地开始你的大学行程。

正确而充分地认识你自己,认真体会和践行"大学"

两字的意义与价值。一个人的命运是由他如何了解自己和了解自己多少决定的。希望你在大学这片沃土上，提升对祖国和社会有益的品质，构建并完善自己所能够具有也是在这样的条件下所应该有的那些意识、思想和行为、习惯。

厚德载物，砥砺德行，争当先锋。良好的习惯和品德是一个人社会交往的最佳服饰。每一个学子都想在大学里留下些故事。在大学里，要做事，先做人；认真做人，踏实做事。希望你有恒心有毅力，任何事、任何时候都能坚持做好你自己，努力做到你的最好。

好好学习，天天向上。"子曰：知之者不如好之者，好之者不如乐之者。"学习仍是你最主要和最重要的任务，希望你不仅重视学习、勤于学习，而且乐于学习、学会学习。特别要说到，书籍是人类进步的阶梯和思想的航船。图书馆就是大学的标志。多读书、读好书，这样更有助于你接近并经营你的梦想。读书要"去粗取精、去伪存真"，更要"循序而渐进，熟读而精思"。

热爱集体，敬爱师友，见贤思齐。"人天然是个社会的和政治的动物，注定比其他一切动物要过更多的合群生活。"正所谓"行路有良伴就是捷径"。希望你加强与同学和老师的友好交往，在与他人的友好相处中不断提升自己。

积极实践，不断积累，增长才干。理论必定是实践的眼睛，但切忌"纸上谈兵"。既要站得高、看得远，还要脚踏实地。古人说：读万卷书，行万里路。因此，纸上得来终觉浅，绝知此事要躬行。大自然中无论多么雄壮坚硬的石山，都是由粒粒细壤累聚而成；千里马也必是在无数次奔驰中历练出来的。"学者用功,须是渐进不已。"希望你理论联系实际,提升发现、分析并解决问题的能力。

天行健,君子以自强不息;地势坤,君子以厚德载物。新的大学生活不仅是你人生的起点,也是你提升自我、展现自我的人生舞台,好好珍惜这眼前的美好时光,把握这难得的人生机遇,自信乐观,积极开朗。在这万物复苏、莺歌燕语的春天里,用知识播种、用勤奋灌溉、用理想培养、用恒心护理,我相信,你最终收获的将是美好的明天。

最后祝你大学生活愉快。再联系。

王学俭

2012 年 3 月

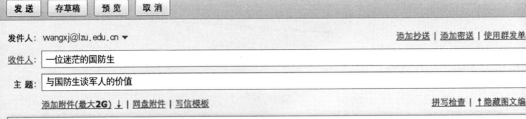

发送　存草稿　预览　取消

发件人：wangxj@lzu.edu.cn ▾

添加抄送 | 添加密送 | 使用群发单

收件人：一位迷茫的国防生

主　题：与国防生谈军人的价值

添加附件(最大2G) ↓ | 网盘附件 | 写信模板

拼写检查 | ↑隐藏图文编

字体 ▾　字号 ▾

B　*I*　U　A　A　—　囲　4　签名▾　<>

15.

与国防生谈军人的价值

◆ 国防生怎样认识自我？

◆ 当代军人的价值何在？

◆ 怎样做一个好军官？

亲爱的同学：

　　你好！

　　你的来信我已收到多日。通过你的字里行间我看到了你的困惑之所在，你希望我对你的未来之路提出一些建议和忠告。一个人有困惑是很正常的事情，你能够有勇气面对你自身的困惑，知道你自己迷茫在何处，这点是很好的，我们只有认识到这些困惑，才能一起寻求有效的方法来解决它。你已经很好地迈出了解决自身困惑的第一步。下面，就让我们一起来把这条解决困惑的路程走完。

　　你在信中说："将要离开母校奔赴军营的我，犹如一叶将要驶离港口的扁舟，依依不舍而又迷茫万分。"你们国防生们曾住在一起、训练在一起、战斗在一起，你们之间不仅是同学关系，而且是战友关系，战友分离的感受是普通毕业生所感受不到的。但是，当大学的生活即将结束，当毕业歌轻轻响起，分离就会不可抗拒地到来。望着那一张张即将各奔东西的熟悉面孔，心头难免会掠过一些惆怅。但是我们现在能做的只能是默默祝愿我们的战友，珍惜我们的友谊，把隐隐的苦楚、淡淡的哀愁化作一份最凝重的牵挂，一份最宝贵的珍藏。对未来迷茫也是没有必要的。我国宪法明确指出："保卫祖国、抵抗侵略是中华人民共和国每一个公民的神圣职责。"不要迷茫，你们的职业是神圣的。军营的大门正敞开怀抱，迎接着你们的到来，等待着你们建功立业。

信中你提到"角色转变"的问题。你说："在学校，我只是一名普通的学生，学习可以说是我大学生活的全部。而在军营，我将要去充当一个管理者的角色，我担心我不能很好地完成上级交予的任务，我担心下面的士兵不服从我这个新来的管理者。"正如你信中所说的那样，大学生就像一条停泊在港湾的小舟，在大学这个风平浪静的港湾中平稳地度过了美好的四年时光，但是就在你起航的那一刻，你恐惧了，不知道前面的水域是风平浪静还是风诡云谲。这种恐惧的心理正是来自于对未来世界的无知。信中你担心你不能很好地、及时地完成由一名普通大学生向一名军官的转变，这种担心正是来自对未来转变之路的无知，这种担心也是每一名角色转变者所共有的。这就需要你及时地去了解你未来将要担任的这个角色，你可以通过听广播、看电视甚至去军营实习的途径去慢慢接受、慢慢了解和慢慢爱上这个角色。只有将掩盖在"未来"脸上的面纱慢慢拿开，你才能消除对未来的恐惧，爱上你想要的这个"未来"。

　　信中你担心你在军事素质上不如军校生，甚至在有些场合会给单位和领导丢人。金无足赤，人无完人。一个人在一些领域、一些技能上不如他人是很正常的事情。尺有所短，寸有所长。人生就是一个不断学习的过程，只有学习他人的长处才能弥补自己的不足。至于你担心因为你的不足之处会给单位丢人就是杞人忧天了，你这是将你的缺点和这个缺点所带来的后果扩大化了，这是完全没有必要的。你只要认真权衡自身的长处和短处，做到扬长避短，就可以完全消除这种担心了。其实未来之路还很长,在未来之路上,学历只能代表过去,而学习力才能主宰未来。你只有能够认识到他人的长处并认真虚心地向他人学习,你的未来之路才会走得稳健踏实。

你在信中举例说:"一位外企老总问:'军人是什么?'一位外企白领回答:'是一群被社会淘汰的人。'"如果你直接问我:"军人是什么?"我并不能明确地回答你,但是看完你举的例子,我能明确地告诉你,那些对军人有偏见的人即将成为被社会淘汰的人。我认为魏巍在《谁是最可爱的人》中对军人的概括就很完美——最可爱的人!当那些老总们在大把大把地赚着钞票的时候,这样安定和平的经济秩序环境是谁在保卫着?我们国家安定团结的政治局面,这种良好的投资赚钱的环境,又是谁在保卫着?当有钱人在灯红酒绿中轻歌曼舞时,又是谁在他们的背后保卫着?不能简单地用金钱来衡量一切,也不能因为金钱扭曲自身的价值观。在军人身上有许多东西是金钱所买不到的,奉献精神就是其中一种。

你担心结婚后两地分居的状况会影响你的感情生活。其实针对这一点,国务院和中央军委制定了很多优惠政策,军人家属随军政策就是其中一个。该政策是国务院、中央军委根据军事职业特点给予军人的一项特殊政策,对稳定部队、增强军事职业吸引力和促进部队建设发挥了积极作用。该政策规定,符合随军条件的军人家属,按照个人意愿选择随军或不随军,军委总部分别制定了相应的待遇保障政策。选择随军的家属,经师(旅)级以上单位政治机关批准后,在部队驻地统一按城镇户口办理落户;随军配偶由部队商当地政府部门纳入安置计划,自主择业的,享受减免营业税等优惠政策;随迁子女可在驻地地方或军队园校入托入学;无工作无收入随军家属每月享受 500~700 元基本生活补贴,并由部队统一办理基本养老和医疗保险。2011 年 3 月,国务院和中央军委对此政策做了进一步的调整。驻全国一般地区部队干部的家属随军条件由副营职或服役满 15 年统一调整为正连职等五项新的军人家属随军条件,与以往相比明显放宽。

你在信中最为担心的是远离家乡,尽忠与尽孝两难全。虽然古人讲"父母在,不远游,游必有方",但是,当今社会,交通便利,距离上的恐惧感已经在人们心中慢慢消去,只要孩子有出息,父母是不会在意空间上的距离的。同时,军人有探亲休假的权利,这完全可以打消你尽忠尽孝两难全的顾虑。我军的《现役军官探亲休假规定》第二条就明确指出:"现役军官(以下简称军官)依照本规定享受休假、探亲待遇。"第八条指出:"服现役不满 20 年或者服役和参加工作不满 20 年的军官,每年休假 20 天;服现役满 20 年以上或者服现役和参加工作满 20 年以上的军官,每年休假 30 天。"第十五条指出:"未婚军官(离异、丧偶军官)与父母一地生活的,每年探望父母一次,假期 30 天。已婚军官与父母不在一地生活(含配偶为独生子女且与岳父母、公婆不在一地生活)的,每两年探望父母一次,假期 20 天。军官与配偶不在一地生活的,每年探望配偶一次,假期 40 天。军官与父母、配偶均不在一地生活,在一年内同是符合探望父母及配偶条件的,假期 45 天。"第二十条、二十六条分别指出:"各级首长应当把落实军官休假、探亲制度作为关心部属、履行职责的重要内容,每年按照规定安排所属军官休假、探亲。""军官因工作原因当年未能安排休假、探亲或者在休假、探亲期间被召回未能安排补休的,由所在单位按照本人年底的基本工资标准,给予相当未休天数基本工资的经济补偿。"

有国家的优惠政策在,你们的种种顾虑和担心是完全可以打消的,党中央和国家是你们坚强的后盾。

你们不仅是革命的军人、国家的栋梁,你们同样还是新时代的青年、社会上最有生气的力量。毛泽东同志曾赞扬你们是"早晨八九点钟的太阳";邓小平同志满怀深情地指出,"青年一代的成长,正是我们事业必定要兴旺发达的希望所在";江泽民同志强调,"青年兴则国家兴,青年强则国家强"。胡锦涛同志在纪念共青团成立90周年大会上,也语重心长地告诫我们的广大青年,一定要牢记"忧劳兴国、逸豫亡身"的道理,敢于吃苦、勇挑重担,不怨天尤人、不贪图安逸,依靠自己的辛勤努力开辟人生和事业的前进道路;一定要牢记"天下大事、必作于细"的道理,从小事做起、从基础做起,不沉湎幻想、不好高骛远,用埋头苦干的行动创造实实在在的业绩;一定要牢记"艰难困苦、玉汝于成"的道理,迎难而上、百折不挠,不畏惧挫折、不彷徨退缩,在千磨万击中历练人生、收获成功。你即将踏上军旅征程,未来的生活将更加精彩。畅想未来,想得长久一些未尝不是一件好事,但是做好当下之事或许才是你现在最需要做的事情。如果你能像针一样洞穿当下的生活,像线一样织补好当下的时光,那么你未来之路的针脚才能走得更加缜密。同时,你也要牢记:祖国的未来属于你们!民族的光荣属于你们!

最后，祝你在军营生活快乐，并希望能不断听到你的好消息。

王学俭

2012 年 6 月

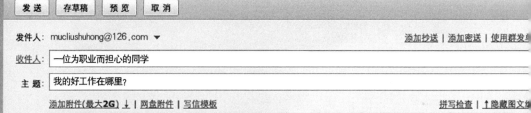

发送　存草稿　预览　取消

发件人：mucliushuhong@126.com ▼　　　　　　　　添加抄送 | 添加密送 | 使用群发单

收件人：一位为职业而担心的同学

主　题：我的好工作在哪里？

添加附件(最大2G) ↓ | 网盘附件 | 写信模板　　　　　　拼写检查 | ↑隐藏图文编

↻ 字体▼ 字号▼ 〓 ⋮≡ ⊒ ⊒ ⊖ ▣ ▣ 🙂
↺ B I U A A — 囲 4 🔛 🔲 签名▼ ◇

16.

我的好工作在哪里？

◆ 什么是职业和职业理想？

◆ 树立科学、高尚的职业理想的意义何在？

◆ 当代大学生树立科学的职业理想应注意哪些问题？

亲爱的同学：

你好！

你的邮件已经收阅。你说自己是学法律专业的，过去曾经有过当著名律师的理想，但进入大学以后，听高年级的学兄学姐说，这个专业的就业前景很不乐观，因此，自己感到了焦急和困惑，不知道自己的好工作在哪里。同时，我也了解到，许多同学都有像你一样的理想，都期望毕业之后能够找到一份好工作。

找好工作，说起来容易做起来难呀！在当代中国，找工作容易，而要想找到一个好工作却是比较复杂的事情。好工作，就是理想的工作，这是职业理想的确定与实现的问题。下面我就围绕职业、职业理想、职业理想的意义、职业理想的树立及实现等问题，谈谈我的看法。

对于"职业"这个词，我们许多人并不陌生。通俗地说，职业就是人们从事相对稳定的、有收入的、专门类别的工作，它在人的一生中占有极其重要的地位，是人们社会生活的主要组成部分，是人生旅程中最长、最丰富的一段经历。在现代社会中，职业更是人们获取满足自身及其家人生存发展需要的物质资料和精神资料的一个主要途径和手段，是实现人生价值的一个重要平台。通常情况下，在人们还没有正式入职以前，往往会对未来从事什么职业、取得什么样的职业业绩等有美好的向往和追求，这种对于职业的向往和追求，就是职业理想。

著名诗人流沙河曾经说过：理想是石，敲出星星之火；理想是火，点燃熄灭的灯；理想是灯，照亮夜行的路；理想是路，引你走向黎明。诗人用形象化的语言描述了理想的引导作用和动力作用。人们一旦具有了科学而崇高的理想，就会坚定不移地沿着理想目标奋勇前进，不管遇到什么样的艰难险阻也不会退却，这就是科学而崇高的理想的引导作用。同时，科学而崇高的理想还具有动力作用。假如把一个人比喻成一台机器的话，科学而崇高的理想就是能够启动这台机器的发动机。一个人一旦具有了科学而崇高的理想，他就会信心满满、干劲儿十足、浑身充满无穷的力量。职业理想是理想的一个基础层面的内容，是人们树立道德理想和政治理想的基石和纽带。一个人不仅要有科学而高尚的职业理想，而且这种理想确定的时间越早越有利于促进个体成长成才。

世界著名水稻专家袁隆平就是这方面的一个杰出代表。袁隆平上小学时，在一次到园艺场的参观中，突然对生气勃勃的花、草、果、木等产生了浓厚的兴趣。从这个时候起，职业理想的种子便悄然在他的心中"生根发芽"。高中毕业时，他没有听从父亲的意愿走"学而优则仕"的道路，而是义无反顾地报考了四川重庆相辉学院的农学系，高高兴兴地跨进了"农门"。他今天的成功是与他当时在小学时就确立起的职业理想分不开的。在当今就业形势比较严峻的情况下，不管是学什么专业的大学生，尽早树立职业理想不仅是极其必要的也是相当迫切的。唯有这样，大学生才能在科学而崇高的职业理想的指引下，向着理想目标迈进。否则，没有科学而崇高的职业理想，就容易使人虚度光阴，使得未来的就业雪上加霜。

　　既然是否能够找到好工作与职业理想的有无密切相关,那么,应该树立什么样的职业理想呢?找好工作之"好"是一个价值判断。职业理想之"理想",同样也蕴含着价值主体的价值判断。对于当代大学生而言,必须树立科学而崇高的职业理想。树立科学而崇高的职业理想,首先要对林林总总的职业进行正确的选择。对职业的选择过程实际上就是价值主体对职业的评价过程。职业评价是随着社会职业的产生而出现的,职业评价的历史也由来已久。早在春秋战国时期,就有士农工商的职业高低的排序。在元朝时期,也有"一官、二吏、三僧、四道、五医、六工、七猎、八民、九儒、十丐"的世俗划分。当代大学生树立职业理想,首先应该拥有科学的职业评价,这是树立科学而高尚的职业理想的基本前提。在当代中国,不论是在国有企业工作的工人,还是广大的农民、知识分子;不论是民营企业的创业人员、技术人员,还是自谋职业的自由职业者,不管他们供职的社会组织的所有制性质和工作种类如何,只要他们在自己的岗位上爱岗敬业、遵纪守法、通过诚实劳动获得正当的利益,他们的劳动就值得肯定,他们所从事的职业没有高低贵贱之分,只是社会分工不同,都是中国特色社会主义事业的重要组成部分。

　　俗话说,三百六十行,行行出状元,讲的就是这个道理。从德国留学回来的青年李君,回国后本可以在大学任教。但在综合考虑之后,毅然选择了国内垃圾处理这块"风水宝地",与垃圾清运工吃住在一起,当起了"垃圾王",办起了公司。谁能说他的这一职业选择不是明智之举呢?李爱良、李海荣、蔡芙蓉等五名毕业于南方某高校的大学毕业生,毕业时远离家乡,来到石家庄葬仪馆,成了人生终点站的工作人员。他们以自己的辛勤和汗水赢得了同行和社会各界的交口称赞,以至于有多家媒体报道他们的工作事迹,甚至为他们的交友牵线搭桥。谁能说这五位大学毕业生的职业选择不令人敬佩呢?维修工人徐虎、公交车售票员李素丽、普通乡村民政干部周国知等,都在平凡的岗位上做出了不平凡的业绩,这些人都是值得我们学习的楷模。其实,平平淡淡才是真。从业者通过某个职业只要能够发挥出自己的聪明才智,该职业对于该从业者来讲就是最好、最理想的职业,就是找到了好工作。没有没出息的职业,只有不思进取的人。希望我们记住这句话来共勉。

同时,树立职业理想,还要正确认识"三对关系",即经济报酬与社会责任的关系、个人兴趣与职业特性的关系、理想的职业与所学专业的关系。

一是要正确认识经济报酬与社会责任的关系。近年来,有些大学生把待遇高、工资多、社会声望好、工作舒服等作为自己求职的首选条件和标准。待遇、工资固然重要,但当代大学生是祖国的希望、民族的未来,其职业理想的树立,与其说是个人小事,不如说是关乎祖国前途命运、民族兴衰的大事。当代大学生在树立职业理想时,不能过度追求物质条件的优厚,而应该把个人理想与社会责任有机地结合起来,正确看待社会责任与经济报酬的关系。在社会主义初级阶段,多劳多得是应该的。不过,在必要的情况下,多劳少得甚至不得更是光荣的。获得多少个人利益、报酬怎样,都应该在完成岗位职责任务的前提下考虑,决不能为了一己私利而抛弃甚至损害国家、集体和广大人民群众的利益。

二是要正确认识个人兴趣与职业特性的关系。个人兴趣与人们的职业成就密切相关。通常情况下,当个人兴趣与职业特性相吻合,即某人对某一职业具有特别强烈的兴趣时,就会对该职业津津乐道、乐此不疲,并自觉遵守该职业的各种要求。否则,就会消极怠工、敷衍了事、碌碌无为。个人兴趣与职业特性的这种吻合,是当代社会人们树立职业理想和进行职业选择的最佳状态,也是从业者与社会组织所期望达到的理想境界。不过,在现实生活中个人兴趣与职业特性不吻合甚至完全背离的情况,也是时有发生的。在这种情形下,就需要大胆努力地去尝试。起初可能会兴味索然,但随着对该职业了解的逐步加深,兴趣往往会悄然萌生,甚至会随着时间的推移深深地"爱"上这个职业。有的人的职业兴趣是天生的,但大多数人的职业兴趣是后天培养的。在一定条件下,职业兴趣又是可以改变的。在校大学生对自己的职业兴趣是什么,一定要谨慎、理性地做出回答。假如对某一职业根本不了解甚至一无所知,就不要武断地说自己对此职业没有兴趣,这样做不仅是错误的甚至很可能会遗憾终生。另外,在进行职业选择时,切忌有从众心理。其实,越是被大多数人忽视甚至冷落的职业,从业者就越能并且容易取得职业成就。毕业于北京大学的陈生辞去了令人羡慕的政府公务员工作,毅然做起了卖猪肉的"苦差事",并且在不到两年的时间里开设了近一百家猪肉连锁店,营业额高达两个亿,被人们称为"猪肉大王",这就是一个最好的例证!

三是要正确认识理想的职业与所学专业的关系。目前,我国的高等学校基本都有划分比较详细和培养目标相对准确的学科专业,有具体且成系统的培养方案。走入大学,选择了专业,就等于为将来进入职场搭建了一个知识和能力平台。大学生树立职业理想,选择理想的职业最好要与自己所学的专业一致。你是学法律专业的,你的职业理想最好与这个专业相匹配。因为从业者和职业是相互选择的关系。从业者可以选择职业,而职业又会选择从业者。任何一个职业对于从业者都有一套具体的从业素质要求。你只要跟着学校的培养方案走,从事与此相关职业的一些基本知识和能力就会比较容易地得到培养和锻炼。更为可喜的是,现在许多学校(包括我们学校在内)为同学们提供了转专业的机会,这就为选择理想的职业与所学专业相匹配提供了更加有利的条件。否则,如果树立的理想职业与所学专业不一致的话,不仅会增加实现职业理想的难度,而且也会由于处理不好所学专业与自己喜欢专业的关系而为自己增添许多烦恼,甚至有的人会自暴自弃、萎靡不振。我建议你根据职业生涯的相关知识,在专业人员的指导下,对自己的职业兴趣、职业价值观等做一个全面的测试,确定自己的理想职业,坚定或调换所学专业,及早从目前的困惑状态中解脱出来。

此外,树立职业理想还应该科学地认识自己的能力和我国国情,这是决定职业理想是否科学的一个重要的现实依据。

总之,好工作不在你的冥思苦想之中,也不在迷惑困顿之中,更不是席地遥看等来的,而在你为此不断地追求之中,在你为此所付出的一切准备之中。功夫不负

有心人。只要你努力拼搏，珍惜现在的每一天，充分利用分分秒秒的时间，在不远的将来，你会拥有一份称心如意的好工作的。加油！

祝你尽快走出困惑，拥有一个充实、快乐的大学生活！

望常联系！

刘树宏

2012 年 3 月

宗教的信仰

| 发送 | 存草稿 | 预览 | 取消 |

发件人: zp2233@263.net ▾　　　　　　　　　　　添加抄送 | 添加密送 | 使用群发单

收件人: 一位思考科学与宗教关系的同学

主　题: 为什么有的科学家也信教?

添加附件(最大2G) ↓ | 网盘附件 | 写信模板　　　　　　拼写检查 | ↑隐藏图文编

字体 ▾　字号 ▾　　　　　　　　　　　　　　　⊖ 🖼 🖼 😊

B　I　U　A　A　一　囲　4　　🗓 🗓　签名▾　<>

17.

为什么有的科学家也信教?

◆ 有的科学家也信教，为什么?

◆ 科学家信教是否与其所处的文化背景有关?

◆ 科学家对神的理解有何独特之处?

亲爱的同学：

　　你好！

　　你的来信我已收到并认真阅读,感觉你的困惑可以用两个问题来概括：一是为什么西方有的科学家会信教,二是科学与宗教的关系到底如何。

　　诚如你在信中所说："自己从小到大一直受着家庭、学校、社会的无神论教育,对宗教问题早有了一些固有观念：当人类处于生产力水平低下的原始阶段,对雷电、洪水、地震等自然现象产生恐惧心理,因而开始崇拜雷公、水神、山神等,于是产生了宗教。但随着生产力的发展,人类对自然界的认识能力不断提高,逐渐明白这一切都是自然现象,并不存在什么超自然的神明,因而确定了无神论信仰。"所以,对中学政治课上讲的宗教是人们现实生活的虚幻反映,是一种唯心主义世界观,宗教对科学发展起着阻碍作用,科学与宗教是两种根本对立的思想体系等,你一直记忆犹新并坚信不疑。

　　但是,你最近看了别人送的一本书,对于里边讲的"基督教信仰与科学是'和谐一致的,它不仅符合科学而且大大超越科学',《圣经》中充满了'科学预见','基督教是现代科学的思想基础','基督徒是发展现代科学的中坚力量','科学家在科学研究中逐渐认识神'"等,你不知所措了。再加上你过去就没弄明白的,"美国是当今世界上科学技术最发达的国家,但美国又是有神论思想占主导地位的国家","近现代西方一些著名的科学家,如哥白尼、伽利略、开普勒、牛顿、莱布尼茨、普朗克、爱因斯坦等,或者信仰宗教,或者宣称自己有深沉的宗教感情",这些让你"彻底惊愕和困惑"了。

你所列的这些,实际上都是有神论和无神论一直在争论的热点问题。要回答这些问题,还得从科学与宗教的一般关系谈起。

让我们先回到原始时代。那时,科学与宗教是浑然一体的。受生产力水平和思维能力的局限,人们只能凭借极其有限的劳动经验,通过原始思维的直观猜测来认识自然现象,当这种直观猜测与生命的灵性现象联系起来的时候,就形成了"万物有灵"的观念,由此形成了原始人类的总体文化,成就了他们观察世界的唯一可能的认识工具。在他们的认识成果中,既有正确反映自然界和人类社会本来面目的,这就是最早的科学知识,也有对自然界和人类社会的虚幻、错误反映,这就是最初的宗教信条。正是在这个意义上,我们说,原始时代的科学与宗教之间是一种融合关系、同源关系。也正是从这里出发,我们看到,原始宗教里的巫师同时也是最早的医生,占星术成为了萌芽状态的天文学,追求长生成仙的炼丹术孕育了原始化学、原始医学。

随着农业文明时代的到来,人们思考问题时,已不再满足于用非理性的宗教思维模式,而是要求用理性的思维模式。这样,原来包含在宗教中的哲学开始从宗教中分化出来,但作为理性思考的科学还是"教会的恭顺的婢女",被包含在宗教当中。

直到文艺复兴之后,科学才逐渐从宗教中分离出来,形成了独特的理论体系和实验体系。但是,那时研究

自然只是"赞美上帝的最好方式","认识了自然,就认识
了上帝,就会揭示上帝的光荣,增加对上帝的爱"。所以,
在那样一个全民都信仰宗教的时代,科学家也是怀着对
宗教的虔诚去从事科学研究的。比如,提出"日心说"的
哥白尼本身就是个神甫,因传播哥白尼学说而被宗教裁
判所烧死的布鲁诺是个传教士,因发展哥白尼学说而被
教会判处重罪的伽利略,以及因建立新的人体解剖学而
被教会迫害甚至烧死的维萨里、塞尔维特,也都是基督
教徒,而不是无神论者。

　　这些从"赞美上帝"出发并取得巨大成就的科学家
之所以会被教会如此对待,不是因为他们缺乏足够的宗
教虔诚,而是因为他们科学研究的后果不但没有给上帝
带来荣耀,反而带来了一个又一个不快甚至难堪。无论
哥白尼的"日心说",还是维萨里的人体解剖学,都证明
上帝是有错误的。上帝既然有错误,那还能称为上帝吗?
于是,为了维护上帝的声誉,上帝在人间的代表便对那
些损害上帝声誉的人进行了严厉的打击。这就是近代科
学史上著名的"宗教迫害科学"事件。

　　然而,对损害上帝声誉者的打击并没有阻挡住科学
前进的步伐,一个又一个使上帝难堪的事件,接连不断
地出现在为了赞美上帝而进行的科学研究中。科学就这
样一个又一个地攻占了原来由上帝统治的堡垒;或者
说,上帝的国土被那些为了赞美它而进行的科学研究一
块又一块地侵占了。这种侵占,到牛顿那里达到了第一
个高峰。牛顿用他的"万有引力"排除了上帝对天体运动
的支配,但是还不能说明天体是如何开始运动的。为了
自圆其说,他不得不在自己的宇宙体系中保留了一个

"第一推动",而有足够强大的力量完成这个"第一推动"的,只能是上帝。晚年的牛顿致力于"第一推动"的研究,虽然也留下了大部头的著作,但由他书写的人类认识史上的辉煌再也没能继续下去。

牛顿就此止步了,但站立在牛顿肩膀上的科学家们向上帝的领土发起了更加猛烈的冲锋。科学研究不再顾及宗教的禁令,也不再关心《圣经》是怎么说的,而完全把揭示世界的实际状况作为自己追求的目标。在科学狂飙的突飞猛进下,宗教也开始改变自己的态度而力求与科学修好。一是宣扬自己过去曾经给过科学不少支持,并且表示自己从根本上就是支持科学的;二是向科学检讨自己的错误,为曾经被自己打击的科学家平反昭雪;三是把科学发展的最新成果拿来捍卫自己的信条,比如宇宙大爆炸学说被作为上帝创世的证据,进化论被解释为上帝的创世方式;四是主动提出与科学"分工",让科学去解释已知领域,自己只负责未知领域,或者干脆把物质世界完全交给科学,自己只管人的精神世界,为人类提供道德规范等。

正是有了这一系列调和与妥协,才使得进入现代工业文明、后工业文明以来,科学与宗教不至于处于断裂状态,从而在相当程度上缓解了科学家对宗教的离心倾向。即便如此,在世界范围内有神论衰落、无神论发展的大势还是不可逆转的。就科学家信教而言,据美国学者爱德华·拉尔森和拉里·威泽姆 1996 年的调查,在一般科学家中,不信或者怀疑上帝存在的占 60.7%,和 80 年前基本持平;但在著名科学家中,80 年间信仰上帝和灵魂不灭者从 30%左右急剧下降到 7%左右,而不相信灵魂不灭者,实际上也就是不信鬼神者,则从 25% 上升到了 77%。对于这个变化,一些带有明确宣教目的的人却视而不见,相反,常常援引一些大科学家信教的事实告诉人们:你们看,连科学家都信教了,你们还等什么呢?科学家信教,似乎成了宗教的一项光荣、证明了宗教的正确性和吸引力。

其实,如此宣扬科学与宗教在本质上可以协调一致、并行不悖,是神学家们的一种手法,他们实际上是将科学家本人与宗教信仰的关系同科学与宗教在世界观上的对立这两个不同层次的问题混淆起来了。对于科学家信教,不能仅限于在科学与宗教之间的单纯关系上来解释,而是要联系西方社会的历史、文化,尤其是基督教的深远影响以及科学家本人的实际情况加以具体分析。一般来说,信仰宗教的科学家的世界观具有两重性,在他本人的研究领域,他可以是一个彻底的唯物主义者、无神论者,但在他的研究领域之外,尤其是在社会精神生活中,他却可能是一个虔诚的教徒或者具有浓厚宗教感情的人。这可以从以下几个方面来具体分析:

第一,科学家信教与他们当时所处的社会文化背景有关。在西方,宗教有着数千年的历史,有些国家曾长期政教合一,基督教被宣布为国教。一个人从他诞生的那一天起,就要以宗教所允许的方式去生活、思考和工作,不用说叛教,即使略有不同意见,也会受到迫害。在这种情况下,一些科学家为了避免与宗教发生冲突,尽管在内心完全接受科学真理,但迫于宗教的压力也不得不在科学与宗教之间作出妥协。比如,哥白尼的"日心说"形成以后,为了避免教会的反对,他在《天体运行论》的序言里特别加上了献给教皇之类的字眼,并说"日心说"只是一个有用的想法,不能被认为是对宇宙的忠实描写。伽利略是哥白尼学说的公开支持者,但当哥白尼的著作被列为禁书以后,面对教会的恐吓,他也被迫宣布放弃哥白尼的学说,并用低三下四的语言向教会求情。甭说在那个时代,就是在今天,基督教的思想文化仍然是西方思想文化的主流。不仅个人的出生、婚配、死亡等离不开教会的训导,就连个人的荣誉、信用、升迁、社会地位等也与信不信宗教密切相关。在社会生活中,无神论者和不信教者往往会受到各方面的歧视。在这样浓厚的宗教文化背景和传统中,要求科学家超越他所处的历史条件而成为无神论者,显然是不可能的。

第二,科学家信教与他们个人乃至整个人类认识能力的局限性有关。世界是无限的,但人的认识能力是有限的。科学家凭着自己的智慧,在每一特定的历史阶段可以认识有限的对象,发现它的物质统一性,但不能认识所有的对象,一下子将上帝从无限的世界中完全排除出去。科学在某一领域的胜利,可以把神驱逐在外,然而神却可以在下一领域内继续存身。例如,科学认识了太阳系,神可以寄身于银河系;科学认识了银河系,神可以到河外星系、总星系;科学认识了总星系,神又可以到大爆炸之前;科学认识了决定性,神还可以存身于混沌。要从根本上解决这一问题,必然是自然科学与辩证唯物主义哲学的某种结盟。其实也正是这样,所有科学家包括信仰宗教的科学家,其科学成就的取得,就在于他们在自己研究的领域自觉不自觉地摆脱了上帝的干扰,按照客观事物的本来面目认识事物。但是,当他们在研究中遇到新的难题踟蹰不前时,或者面对未知领域而不知所措时,就有可能把自己暂时无法解决的问题确定为原则上的不可认知,进而归结为到神那里去解决。牛顿的"第一推动"便是例证。这种情况,恰如美国太空署主任罗伯特·贾斯特罗所说:科学家攀登过许多"无知"的山峰,当他们即将抵达峰顶的时候,却发现一批神学家早在数世纪以前就等待在那里了。对于科学高峰上的问题,科学家的态度是:我不知道,所以我不回答。于是,神学家来回答了:那就是上帝啊!

第三,科学家信教与他们不能完全把握社会异己力量有关。科学家也是生活在社会中的人,也会遇到平常人所遇到的各种问题,如生与死、苦与乐、顺与逆、荣与辱等,这其中很多都是他们个人力量无法左右的。当他们离开自然科学领域来观察这些社会异己力量时,如果没有科学的世界观作指导,不能用正确的态度来对待,就很容易受到社会上浓厚的宗教文化背景和传统的影响,从而背离自己在自然科学领域中的唯物主义和无神论立场,成为唯心主义和宗教神学的俘虏。加之在一个相当长的时期里,人类社会还不能消除不公正,还会存在许多矛盾和问题。在这种情况下,个人的痛苦如果和社会的不公交织在一起,产生的共振就会使痛苦放大和加深。面对人生道路上的诸多痛苦,个人既无法科学地解释它们产生的原因,更找不到克服它们的正确途径,于是,只好转而求助于神,到彼岸世界寻找答案。这既是宗教将长期存在的社会原因,也是一部分西方科学家信仰宗教的个人原因。十多年前,我国有些高学历、高职称的科学人才相信邪教"法轮功",那只是缘于他们世界观方面的缺陷,同他们的科学成就没有直接关系,更不是他们的科学成就引致的。

第四,科学家信教与他们对宗教之神的"非人格化"理解有关。在一般信教者看来,神是全知全能的超自然存在,但又与人同"性",在思想、感情、意欲等方面具备"人格化"的特征。但在信教的科学家中,仅有少数人信奉的是这种"人格化"的上帝,如开普勒、步入晚年的弗朗西斯·培根和牛顿等。他们中多数人信奉的是一种"非人格化"的上帝,或者表现为对宇宙和谐的崇拜,或者尊崇所谓的道德宗教。爱因斯坦就是这种典型。1929 年 4 月,有人问爱因斯坦:"你信仰上帝吗?"他回答说:"我信仰斯宾诺莎的那个存在事物的有秩序的和谐中显示出来的上帝,而不信仰那个同人类的命运和行为有牵累的上帝。"这表明,在爱因斯坦的宗教观中,没有人格神,没有超验的、理性无法企及的上帝,没有对支配人们日常生活的异己力量的恐惧和崇拜,有的只是对宇宙本身的那种秩序性、和谐性,或者称之为"高超的理性"的赞叹和敬畏。这样的宗教观对于传统基督教而言,不啻为一种不彻底的无神论的表现。与此同时,爱因斯坦还曾强调,"普通的道德观念同宗教结合起来"。在他看来,人的心灵和社会道德风貌的净化,不能靠传教者用上帝来恐吓人,而是要发掘人类自身的真善美,用没有神的、体现人性的教义来拯救人类,这样的道德观同样迥异于传统基督教。但是,所有这些,当代宗教家都看不到,他们只是不断地援引爱因斯坦"赞扬"宗教和上帝的话语。他们这么做只能说明一点,宗教已经失去了昔日至高无上的地位,多数科学家"信仰"的已经是别样的宗教了。

关于科学家信教问题，大致就谈这些。如果还有什么疑问，欢迎提出，我们可作进一步交流。

祝学习进步！

左　鹏

2012 年 5 月

发送 存草稿 预览 取消

发件人: liujj@ruc.edu.cn ▼

收件人: 一位有信教意向的同学

主 题: 与有信教意向的同学谈信仰

添加附件(最大2G) ↓ | 网盘附件 | 写信模板

添加抄送 | 添加密送 | 使用群发单

拼写检查 | ↑隐藏图文编

字体 ▼ 字号 ▼ | B *I* U A A — 囲 4 | 签名 ▼ | ‹›

18.
与有信教意向
的同学谈信仰

◆ 假如我信教，学校老师是否允许？

◆ 世界上到底有神没有？

◆ 应怎样认识和对待自己的信仰？

亲爱的同学：

　　你好！

　　收到你的来信，并认真读过了。谢谢你对我的信任。你把自己在信仰上的苦恼这样真实地告诉我，并希望我给你一些建议或忠告，作为一名思想道德修养和法律基础课的教师，能够在这样深层的心灵生活问题上得到你的信任，我感到很荣幸，也觉得有责任在这些问题上把自己的真实的想法写出来，告诉你，以及像你一样的那些对宗教有强烈兴趣或受到宗教吸引、或多或少有某种信仰宗教的意向的同学们。

　　你问我："假如我去信教"，老师和学校"是否允许"，"是否会失去学籍"？对于这个问题，虽然我不是领导，但我也可以明确地告诉你：只要你是出于自愿和内心的信仰，老师和学校并没有权利不让学生信教，你当然也不会因此失去学籍。因为这是你的宗教信仰自由。不论是我们党的宗教政策，还是我们国家的法律，都是主张宗教信仰自由的。我国宪法第三十六条明确规定："中华人民共和国公民有宗教信仰自由。任何国家机关、社会团体和个人不得强制公民信仰宗教或者不信仰宗教，不得歧视信仰宗教的公民和不信仰宗教的公民。"

　　当然，在我国，在学校里，绝大多数同学和老师是没有宗教信仰的，人们对此习以为常。而对于有些同学去信教，大家可能不太习惯。因为这也是这些年来的新现象，人们可能对此感到惊奇，想知道究竟是怎么回事。有的老师或者同学对于你去信教会加以劝阻,或者表示忧虑。但这通常只是出于好意,也往往只限于建议,并不是强行阻止,否则就违反法律了。可见,不论你信还是不信,都是你个人决定的事情。在这方面并不存在外在的强制。

你还问到马克思主义指导思想的事情,似乎这与信教问题有关。其实,是没有多大关系的。不错,马克思主义是我们党和国家的指导思想,这一点也写在了党章和宪法之中,成为我们立党立国的根本思想。这是国家根本制度层面的问题,与公民个人的信仰问题不是一回事,不在一个层面上。马克思主义在我国作为指导思想,指的是我们国家的根本制度的设计遵循和体现着马克思主义指导原则和社会主义价值观;指的是我们国家的大政方针是在马克思主义指导下,从实际出发而制定出来的。这是治国理政层面的问题。而公民是否信仰宗教,是个人生活层面的问题。以马克思主义为指导,并不是让人们必须信仰马克思主义,也并不是让已经信教的人放弃自己的宗教信仰。在以马克思主义为指导的国家里,有着真正的信教自由。信奉无神论的执政党,也可以实行真正的以真诚为基础的信仰自由政策,这似乎是矛盾的,但却是事实,而且其实在理论上是毫无矛盾的。如果侵犯了公民的信仰自由,歧视了信仰宗教的公民,那才是违反马克思主义的,违反了马克思主义科学的宗教观。

你问我:"世界上到底有神还是无神?"我说:没有神。虽然信神的人都认为神确实无疑地存在,但我作为局外人,在这个事情上应该说看得一清二楚。如果说神是一种"真实"的话，那么，也是心理上的真实，并不是物理上的真实。对世界的解释，应该遵循世界本身的规律，而丝毫不用加上神意的解释。我不想说得太多，因为争论有神还是无神没有多大意思，这个问题上有很强的个人感受性，属于所谓"信则有，不信则无"这样一个领域中的事情。而且，从党和国家的政策层面来讲，夸大有神与无神的差异是有害的，是在人民群众中制造分裂。

法律上合法的事，在道理上未必正确。从法律上讲，宗教的存在是合法的，信教是自由的，但这并不意味着宗教的教义都有道理，都是正确的。事实上，宗教的理论，宗教的世界观，从基本方面看是不科学的。我不知道你是否了解马克思主义关于宗教的基本观点，特别是关于宗教本质的观点。我认为这些基本观点是靠得住的。恩格斯有过一个宗教定义：一切宗教都是支配着人们日常生活的外部力量在人们头脑中的反映，在这种反映中，人间的力量采取了超人间的力量的形式。意思是说，它是对世界的一种幻想性的反映。而人们之所以产生这种幻想，是由于受到外部异己力量的支配，而不能掌握自己的命运。它提供的是一种神话世界观，而不是科学的世界观。神话世界观产生于人类文化早期，随着人类科学认识的发展，这样原来被奉为绝对真理的神话，就只具有文学艺术的价值了。当然，宗教不只是一种世界观，它是一种复杂的社会现象。但是，它的多方面的内涵和积累都是建立在其思想信仰和世界观之上的。

你感受到了宗教在情感上的吸引力。你说，你经常去某个兄弟院校听研究生的布道，听得你热泪盈眶。还说，你每次都是高高兴兴，唱着歌一路走去，为的就是再次体验这种感受。而之所以这样受感动,是因为那些话语中充满了爱。爱当然是非常美好的,人需要爱,也应该追求爱,享受爱,但真正的爱是否只存在于某一种话语之中呢?在别的地方,用另外的方式,是否就不能找到爱,得到爱呢?你也说,其实内心里很困惑,也并不能真正肯定自己相信神,并担心这样的感受会带你不知不觉走到一个很遥远很陌生的地方。在那里,生活的一切将不同于现在,也就是说失去现在。确实,现实的生活,尽管有这样那样的不如意,但毕竟也是真实的生活,有很多美好的东西。人间不是没有真情,只是有时需要我们去寻找,去发现,去创造。所以,建议你先停一下或放缓一下自己的脚步,不要听任它不由自主地向前走。也就是说,适当冷静一下,考虑考虑这个问题。

情感当然是重要的,得到情感上的慰藉当然也是一种快乐。但是,信仰本身不仅仅是一种情感上的慰藉,也是理智上的认同。人应该用理智的标准,来对各种道理进行考察和比较,进行思考和研究,不能仅仅从情感出发,一路走下去,把自己完全交出去。信仰上的皈依,有时确像恋爱,由于陶醉于强烈的情感体验,而把理智丢在一边。但是,毕竟恋爱与婚姻相联系,是不能完全抛开理性的。在信仰问题上,就更是这样了。

信仰不是儿戏,甚至也不是尝试。真正的信仰是献身,就是把自己完完全全地交出去。如果说人生中有些大事,那么也许没有比这更重大的事件了。这是心灵的事业,是终生的事业,是命运的抉择。从这个意义上讲,信仰比我们通常所说的"理想信念"更深刻一些,更严峻一些。它不是某种社会流行的集体意识或舆论,不是一般性的价值观念认同,而是处于心灵最深层,与人的生命根基血肉相连。因此,对于这样的事情,一个人决不能采取轻率的随意的态度,而应该以极为慎重的态度对待之。

我的意思是说,要进行信仰的选择,要以极为慎重的态度来思考和对待这样的事情。信仰并不是文化商店里的普通消费品,不是那种可以随意购买、试用和更换的商品。作出信仰的抉择,某种意义上是孤注一掷。因此,必须进行信仰的选择。现在的社会是多元化的社会,价值观念和理想信念都是多样化的。这种情况为我们带来了思想和价值观上的困惑,但也为我们自觉地探索人生信仰提供了可以比较的平台。在信仰上有意识地去了解,去探寻,去研究和比较,这是一种自觉的信仰意识。要善于运用自己的理智,这种理智的能力在大学生阶段已经达到了某种高峰值。如果一个当代大学生,在其他一切事情上都在运用理智,而且运用得那样好,但却在信仰这样最为重大的事情上放弃理智,而只诉诸情感,那么在我看来,这无论如何都不能算是明智的。

要辨别一种信仰是否合乎理性,是否与科学发展相一致。理性和科学是人类区别于动物的本质属性之一,人类文明的进步很大程度上有赖于理性和科学的发展。理性和科学当然不是人的本质力量的唯一体现,它当然也不能解决一切问题,特别是并不能解决所有的价值观和信仰的问题,但是完全抛开和放弃理性也绝不能解决任何价值观和信仰问题。理性有它的局限,但也有它的优势。作为一个有文化的人,作为一个接受高等教育的人,为了社会,也为了自己,完全应该和必须用理性去客观地思考和研究人类的信仰现象。我相信,人类科学事业(自然科学、社会科学、精神科学)的发展,人类实践的发展,会逐步揭开人类信仰现象的谜底。人类会越来越以自觉的态度来对待他们的信仰,越来越使他们的信仰与理性科学一致起来。对于公开攻击理性和科学的信仰,我认为应当保持警觉。

还要看一种信仰怎样对待人的现实生活,是肯定人的现世生活,使人的现世生活更幸福美满,还是让人放弃现世生活去追求世外幻境。人之所以需要信仰,说到底是为了使生活更有意义、更幸福。如果有一种信仰否定人的生活,否定在地球上生活的意义,那么这样的信仰就违背了事情的初衷,走向了反面。我们屡次听说,有一些极端教派和邪教组织大力宣扬世界末日即将到来,让人放弃现世生活,尽快去天国世界云云,导致集体自杀的悲剧。对此,我们应该保持警觉。

对于普通人来说,要相信自己健全的常识。我们每一个人,只要有健全的意识和常识,就大体上能够区别什么是可信的、什么是不可信的。对于一个大学生来说,不仅应该有健全的意识和常识,也应该能够从理论的高度去思考问题。对于可疑的事情,对于一时拿不准的重大的事情,要持存疑的态度,并力求加以检验。只要有这样的态度,经过慎重的思考和检验,会做出自己的信仰选择的。

如果你经过自己的慎重考虑,最终还是选择了一种宗教信仰,那么尽管这并不是我的期待,但我也向你表示理解。毕竟你有了自己认同的信仰,你认真思考和郑重对待了信仰的事情。同时,在理解之余,也给你一个新的忠告。那就是,善于分辨和运用宗教中的积极因素,促进自己的成长,促进自己道德水平的提高,并为我们社会的和谐发展作出自己的贡献。宗教是复杂的现象,宗教教义从世界观上讲是唯心主义的,是不正确的,但它作为人类庞大的文化积累,里面也包含了许多有积极意义和合理性的东西。同时,宗教中也会有些不那么美妙的东西,这作为长期历史的积淀也是必然的。作为一个现代青年,作为一个大学生,不仅要把自己的热情投入到信仰中,也应该把自己的知识和理性投入到信仰中,促进自己信仰的完善和提高。最后,当然并不是不重要,就是要寻求宗教信仰与社会发展的结合点,努力促进宗教与社会主义社会相适应,做爱国爱教、爱社会主义的信徒并以一个具有宗教信仰的公民的身份,为国家的发展、民族的复兴、社会主义美好事业的推进,做出自己应有的贡献。

祝好!

刘建军

2010 年 10 月

发送　存草稿　预览　取消

发件人：zp2233@263.net ▼　　　　　　　　　　　　　添加抄送｜添加密送｜使用群发单

收件人：一位信教的同学

主 题：与信教学生谈信仰的自由

添加附件(最大2G) ↓｜网盘附件｜写信模板　　　　　　　　　拼写检查｜↑隐藏图文编

19.

与信教学生谈信仰的自由

◆ 如何理解信仰自由？

◆ 为什么不能在校园传教？

◆ 怎样理解宗教与社会主义社会相适应？

亲爱的同学：

　　你好！

　　没想到我这一次关于宗教问题的讲座，竟能引发你对我国宗教政策如此深入的思考。正如你在来信中所说，与同堂听讲的大多数同学不一样，你是个"信主的人"。对于你的坦诚相告，我表示荣幸和感谢。你也知道，我国是个无神论思想占主导的国家，尽管宪法规定了公民有宗教信仰的自由，但信教者在国人中仍是少数，尤其是在从小到大都接受着学校唯物主义教育的大学生中，就更是极少数了。在这样的情况下，你敢于把个人的宗教信仰向我这个讲授"思想道德修养与法律基础"课的教师公开，既是对我的信任，也是对你信仰的忠诚。

　　对于像你这样的大学生信教，作为思想道德修养与法律基础课教师的我，也能够理解和尊重。毕竟宗教是一种具有悠久历史的文化现象，不仅过去长期存在，将来也还会长期存在。在我国，本来就实行着宗教信仰自由的政策。大学生作为求知欲望最强烈的青年群体，向来对人类社会的一切思想文化成果都表现出极高的热情，在各种内外因素的影响下，极少数同学信仰了宗教、成为了教徒，也是很平常的事情，不必大惊小怪。

　　但是，令你感到不解的是，作为基督徒的你，要"践履上帝的使命，在同学当中传播福音、发展信徒，在校园内部组建团契、设立聚会点，总是不为学校所允许。学校这样做是否侵犯了公民的宗教信仰自由？是否违背了党和国家的宗教政策？"我的回答是：没有！

我国宪法第三十六条规定，中华人民共和国公民有宗教信仰自由。对这个自由要作全面理解，它至少包括两方面的内容：一是信仰宗教的自由，二是不信仰宗教的自由。这是同一问题的两个不可缺少的方面。

为什么说不信教也是一种自由？这恐怕与我国宗教的历史和现状有关。你也知道，在历史上，中国真正信仰某种宗教的人数在总人口中所占比例一直不高。直到现在，这种状况仍然没有大的变化。因此，处理好我国的宗教问题，首先要处理好多数不信教的人和少数信教的人之间的关系。对于少数信教的人，国家尊重和保护他们的权利，要求任何人都不得到宗教活动场所进行无神论宣传，或者在信教群众中发动有神还是无神的辩论；对于多数不信教的人，国家同样尊重和保护他们的权利，要求任何宗教组织和宗教徒也不要到宗教活动场所之外去传教布道、宣传有神论、散发宗教宣传品。这就决定了我国的宗教信仰自由政策在强调保障少数人信教自由的同时，也强调保障多数人不信教的自由。正如周恩来总理曾经指出的："我们所遵守的约束是不到教堂里去作马列主义的宣传，而宗教界的朋友们也应当遵守约束，不到街上去传教。这可以说是政府同宗教界之间的一个协议，一种默契。"

既然"到街上去传教"都打破了"政府同宗教界之间"的"默契"，更何况在学校传教呢？不知你想过没有，面对一个对宗教毫无知觉、更谈不上什么信仰的同学，你向他宣讲人的"原罪"、上帝的"救赎"什么的，他会作何感想？就像我组织一拨人和你展开到底是"神创世界"

还是"自然演化世界"的辩论,除了暴露并扩大我们在信仰上的分歧,还能有什么裨益吗?没有,一点也没有。所以,我国的宗教政策是不夸大信教者和不信教者、信仰不同宗教或教派者在信仰上的差异,而是充分认识到他们在政治上、经济上根本利益的一致性,主张无神论者和有神论者、不同宗教或教派的信仰者,思想信仰虽然不同,但在爱国、维护祖国统一、拥护社会主义等涉及政治立场和政治方向的原则问题上,是可以一致的。一句话概括,那就是政治上团结合作、信仰上互相尊重。

另外,还有一点需要提醒你。我们的教育事业是社会主义教育事业,对青少年学生"进行辩证唯物主义和历史唯物主义的教育"是宪法确定的一条基本原则;同时,我国也是实行教育与宗教相分离的国家,宪法和教育法都规定,任何组织和个人不得利用宗教进行妨碍国家教育制度的活动。以此为根据,尊重信教者的信仰和禁止在学校传播宗教,都是贯彻落实宗教信仰自由政策的基本准则和具体措施。在当代中国的社会历史条件下,像你这样的大学生信教,从个人层面上可以理解并且必须尊重你们已经做出的选择,从社会层面上看是难以完全避免但又绝非历史的必然。这是因为,许多原本不信教的大学生之所以信教,就是在传教者的影响和带动下,在人为刻意渲染的宗教氛围感染下,从信无神论转向信有神论,最终投入宗教怀抱的。也许在你看来,这是"神的拣选"、是"迷途羔羊的知返"、是个人的"幸事",但对以马克思主义为指导的社会主义教育事业来说,则断然不能算做人才培养中的幸事了。所以,在宗教还将长期存在的社会主义社会,在马克思主义指导下的社主义大学里,大学生享有信仰某种宗教的自由,但不享有在学校传播宗教的自由,这是教育与宗教相分离的宪法原则使然,也是社会主义大学的本质使然。

由此可见,宗教作为一种意识形态、一种世界观,是人们头脑中的一种信仰,是个人的私事,是完全自由的。但宗教又不仅仅是一种信仰,当宗教信仰、宗教感情外化为宗教行为、宗教活动时,就成为一种社会现象。当众多的人因为具有某种共同的宗教信仰而形成一种特殊的群体或组织时,就成为一种社会实体。当这种社会实体按照宗教观点而提出社会主张、表达政治意愿时,就成为一种社会力量或政治势力。因此,宗教团体、宗教活动场所、宗教活动等必然要与社会整体发生关系,对社会公共利益、国家利益产生影响,这就要求它们必须接受现行社会秩序的约束和规范,政府必须对宗教事务进行管理。古今中外,概莫能外。

在今天的中国,政府对宗教事务的管理同对其他社会事务的管理一样,必须依据宪法和有关法律法规进行,这是实施依法治国方略的必然要求。宪法从国家根本大法的高度,为公民宗教信仰自由提供了充分保障;民族区域自治法、民法通则、劳动法、教育法等法律从不同角度,对保障公民的宗教信仰自由权利作出了具体规定;《宗教事务条例》《中华人民共和国境内外国人宗教活动管理规定》是国务院颁布的综合性宗教行政法规。此外,还有国家宗教事务管理局和各地方政府颁布的一些部门规章和地方性法规、规章。所有这些,都为国家在宗教事务管理中保护合法、制止非法、抵御渗透、打击犯罪提供了鉴别标准和执法依据。

针对你在来信中谈到的学校旁边的那个聚会点,虽然如你所说,"信教的和没信教的同学都非常乐意参加,大家在一起交流,谈体会,活动丰富多彩,氛围温馨宽松",但我感觉,那可能是一个私设聚会点,属于非法存在。因为你说了,聚会点的带领者是一位"韩国哥哥"。根据我国现行的宗教法规,外国人可以在中国境内的宗教活动场所参加宗教活动,但不得在中国境内成立宗教组织、设立宗教活动场所,不得在中国公民中发展教徒、委任教职人员和进行其他传教活动。这一规定其实就是我国宗教政策中独立自主自办原则的具体体现。之所以要坚持独立自主自办,一方面因为在历史上,我国曾经长期遭受帝国主义的侵略和掠夺,有的宗教被帝国主义控制和利用,特别是一些传教士事实上成为了帝国主义侵略中国的急先锋,这就促使具有爱国思想的中国基督徒、天主徒深刻反思并长期斗争,最终分别走上了自治、自养、自传和独立自主、自办教会的道路。对于这段历史,你应该也有所了解。另一方面,随着对外开放的不断扩大,在我国宗教界积极推进国际上友好往来的同时,国际敌对势力也加紧利用宗教对我实施西化、分化战略。他们把中国看做一个巨大的尚未开垦的基督教市场,支持一些基督教团体"向 13 亿中国人传福音",试图用"基督的羔羊"来驯服"中国这条东方的巨龙"。在校园里,你也许遇到过这样的传教者吧。对这些动向,每一个爱国的中国人,不管信教还是不信教,都应该保持高度警觉,切实加以防范。

既然对外国人在中国境内的宗教活动有如此具体的管理规定,那么对中国人在自己国土上的宗教活动有哪些规定呢? 根据《宗教事务条例》,信教公民的集体宗教活动，一般应当在经登记的宗教活动场所内举行，由宗教教职人员或者符合本宗教规定的其他人员主持。作为基督徒的你，每周都参加聚会活动吧？那么，你主要是在当地的教堂即"三自"教会参加聚会呢，还是在学校周边的聚会点即家庭教会参加聚会呢？教堂不用说了，都是当地基督教协会依法设立并登记的宗教活动场所，聚会点的情况就比较复杂了。传统意义上的聚会点，就是教徒的家。在家里聚会的，主要是本家庭成员，个别亲戚、邻居也可以参加。这样的聚会点不属于宗教活动场所，也不纳入政府登记的范围。但是，信教公民举行家庭聚会时，也必须遵守法律法规，不能影响左邻右舍及社会正常的生产生活。当聚会点的参加者不再以本家庭成员为主，不同身份的教徒大量加入，宗教活动也越来越复杂多样，而且有了专门的教职人员主持，这时的聚会点就具备了宗教活动场所的性质，就应该到政府宗教工作部门申请登记。宗教工作部门应从合理布局、便于群众生产生活的原则出发，根据条件给予登记。对不完全具备条件的，可给予临时登记。对因教会内部不团结、自封传道人或者个别人为捞取个人好处等原因擅自设立的聚会点，原则上应予教育疏导，劝其停止活动。对少数有国外渗透背景、从事非法宗教活动的聚会点，在证据确凿的情况下，应配合有关部门坚决予以取缔。

当然，对宗教活动场所进行登记，并不是要限制宗教的发展，而是为了更好、更全面地贯彻执行宗教信仰自由政策。通过登记，一方面可以使宗教活动场所的合法权益受到法律保护，有条件的还可以获得法人资格；另一方面，可以使社会各方面明确区分在宗教活动场所内进行的,哪些是正常的宗教活动,哪些是不法分子、敌对势力利用宗教进行的非法活动、渗透活动,从而使信教群众能够自觉做出正确选择,接近合法、远离非法。这一点,你做到了吗?

最后还有一点,你应该明白。国家依法管理宗教事务的最终目的,是要引导宗教和社会主义社会相适应。也许你又要问了,宗教是有神论,社会主义社会占主导的是无神论,二者能够相适应吗?对此,江泽民同志有过明确回答:"积极引导宗教与社会主义社会相适应,不是要求宗教界人士和信教群众放弃宗教信仰,而是要求他们热爱祖国,拥护社会主义制度,拥护中国共产党的领导,遵守国家的法律法规和方针政策;要求他们从事的宗教活动要服从和服务于国家的最高利益和民族的整体利益;支持他们努力对宗教教义作出符合社会进步要求的阐释;支持他们同各族人民一道反对一切利用宗教进行危害社会主义祖国和人民利益的非法活动,为民族团结、社会发展和祖国统一多作贡献。"

这些要求,对任何一个具有爱国思想的社会主义公民来说,都不算太高吧。况且,综观我国和世界的宗教历史,可以发现一个共同的规律,任何得以存在和延续的宗教,都是适应其所处的社会和时代的宗教。比如,基督教从早期受罗马帝国的迫害到后来被奉为国教,从中世纪的"万流归宗"到近代的宗教改革,不正是经历了一个不断适应各种社会制度的过程才发展至今的吗?佛教从印度传入中国后,不也正是同中国传统的道教和儒家学说既互相排斥又互相融合,才逐渐扎根于中国的吗?

改革开放以来,我国宗教界的爱国进步人士根据新的历史条件,努力挖掘和弘扬宗教教义、宗教道德、宗教文化中有利于社会发展、时代进步、健康文明的内容,支持和鼓励信教群众在工作岗位上多作贡献、服务社会,在社会生活中推崇公义、弃恶扬善,走的其实也正是一条宗教与社会主义社会相适应的道路。就基督教而言,在其神学思想建设中,提出"一个好的基督徒应该是一个好公民,爱自己的祖国是一个基督徒的本分";强调"为了来世而修好现世","作盐作光,荣神益人";淡化"因信称义",主张信教的不诅咒不信教的会"下地狱",不信教的也不嘲讽信教的去"上天堂",各行其道,彼此尊重,相安无事。对于这些,你应该能够接受吧?否则,就会如丁光训主教所说:强调信与不信的对立,势必造成人民内部的不团结,造成其他人和共产党的对立,这种对立情绪到风吹草动时就会被人利用,转化为政治上的分裂、冲突和对抗。这样的局面,恐怕你也不愿意看到。除了划清政治上的大是大非,作为基督徒又作为大学生的你,在日常的学习、生活中,对基督教教义做出有益于个人成长成才、有益于社会发展进步的阐释,并且身体力行,成为大学生中敬业好学、克己奉献的典范,不同样是宗教与社会主义社会相适应的表现吗?

信就写到这里了。最后表达一个心愿,希望你能够做一个爱国爱教的好公民,追求"万物并育而不相害,道并行而不相悖"的和合境界,达到多元共存、和而不同、美人之美、美美与共的和谐状态。

祝好!

左　鹏

2012 年 6 月

发送　存草稿　预览　取消

发件人：qiu-jier@263.net ▼　　　　　　　　　　　　添加抄送 | 添加密送 | 使用群发单

收件人：一位关心宗教政策的同学

主题：谈谈党和国家的宗教政策

添加附件(最大2G) ↓ | 网盘附件 | 写信模板　　　　　　　　拼写检查 | ↑隐藏图文编

字体 ▼　字号 ▼

B I U A A —

20.

谈谈党和国家的宗教政策

◆ 中国主要有哪几种宗教?

◆ 共产党领导的社会主义国家能容忍宗教吗?

◆ 党和国家有哪些主要的相关政策?

亲爱的同学：

　　你好！

　　谢谢你提出了一个既是一般群众关心的问题，也是各类信教朋友关心的话题——"在一个以马克思主义为指导思想的国度，共产党是否能够真正容忍宗教的存在和发展？"

　　对这个问题，我不想从理论的角度去谈，只想从我了解的常识和个人感受，先与你谈谈我们应该如何认识和看待宗教问题，在此基础上再去讨论你所提出的问题，这样也许会让我们的看法变得更客观一些。

　　宗教在我们国家的历史发展过程中长期存在着，这是一个客观事实。它主要包括佛教、道教、伊斯兰教、天主教和基督教等五大宗教。佛教传入中国已有两千多年的历史了，产生于中国本土的道教有一千七百多年的历史，伊斯兰教传入中国也有一千三百多年的历史，天主教和基督教是鸦片战争之后才传入中国的。今天，我国信仰宗教的人数只是国家总人口数的一小部分，但由于中国人口基数较大，因而绝对数也较大，有大约一亿多信教人口，主要分布在少数民族地区。近些年，伴随社会价值信仰的多元化发展趋势，信教人数也在不断增加。

　　我国的五大宗教具有爱国、友爱、向善的传统，对社会发展具有积极作用。五大宗教都倡导服务社会、救世济人。佛教提出"严国土，利乐有情，弘扬佛法，服务社会"的精神；道教提倡"齐同慈爱"的思想和精神；伊斯兰教提倡"爱国是伊玛尼(信仰)的一部分";天主教提出"爱国是天主教的诫令";基督教提出"爱国爱教,荣神益人"的主张。除此之外,以上宗教还主张团结、友爱、和平的思想。如佛教的"六和敬"思想,伊斯兰教"善待邻居"的思想,天主教、基督教"爱人如己"的思想。这些思想,对促进民族团结和社会和睦都起到了积极作用。另外,五大宗教的伦理道德多是劝人向善止恶的,如佛教通过"诸恶莫做,众善奉行,自净其意",进而助人为乐,与人为善,心存慈悲,将人间国土也建设成为人间净土。道教的十戒告诉人们,要"不杀不害,不嫉不妒,不淫不盗,不贪不欲,不憎不忌",鼓励人们做到"言无华绮,口无恶声,齐同慈爱,异骨成亲,国泰民安,欣乐太平"。天主教、基督教的戒律也要求信徒孝敬父母、不杀人、不邪淫、不偷盗、不妄证、不贪婪别人财物。这些教义教规,有利于促进我国社会主义和谐社会的建设。

宗教信仰对信众又有心理调适和互助的作用,能够给信众以安慰和力量,消解他们遭受挫折带来的心理压力,促进相互沟通和相互帮助,有利于信众平衡心理、克服困难,从而也有利于社会的稳定。

我国的宗教在促进中国与世界的国际交流和合作中表现出了积极的作用。宗教界人士本着爱国爱教的传统,在国际交流中,向世界其他各宗教国家和教派宣传中国的民族宗教政策和社会发展状况,促进了世界各国对中国的认识和了解。

我们再来看看党和国家领导人是如何看宗教问题的吧。

在上个世纪80年代初,邓小平邀约时任全国人大常委会副主任、全国政协副主席的班禅额尔德尼·确吉坚赞到家中叙谈，在谈到宗教和西藏问题时，邓小平说："对于宗教，不能用行政命令的办法，但宗教方面也不能搞狂热，否则，同社会主义利益、同人民利益相背。"具体该怎么看待这个问题，邓小平并未详细说明。1982年，胡耀邦在带领调查组做了很长时间的调研后，发表了《关于我国社会主义宗教问题的基本观点和基本政策》一文，指出："那种认为宗教就会很快消亡的想法，是不现实的。那种认为可以依靠行政命令或者其他手段，可以一举消灭宗教的想法和做法，更是违背马克思主义关于宗教问题的基本观点的，是完全错误和非常有害的。"这一结论，肯定了宗教是一个长期存在的历史现象。

2001年，江泽民总书记在全国宗教工作会议上，提出宗教工作有三个特性，即长期性、群众性和复杂性，并强调，根本是长期性，关键是群众性和特殊的复杂性。其中，长期性承认了宗教存在的自然根源、社会根源、心理根源和认识论根源；群众性是从世界范围看，信众人数众多，"五个人中四个人信教"，中国也有一亿多；特殊的复杂性是指宗教总是与一个国家的政治、经济、文化、民族和社会稳定发展等问题相互关联和交错。

之后，胡锦涛总书记又进一步指出：我们中国共产党人是无神论者，我们不信仰任何宗教，但我们又是历史唯物主义者，必须以科学的观点看待宗教，全面认识宗教产生和存在的深刻历史根源，全面认识宗教在社会主义社会长期存在的客观现实，全面认识宗教问题同政治、经济、文化、民族等方面交织的复杂状况，全面认识宗教对相当一部分群众有较大影响的社会现象。

党和国家领导人对宗教的认识和态度，与党和政府对待宗教和处理宗教问题的立场与态度有着密切的关系。

那么，党和政府是如何对待和处理宗教问题的呢？

1993年，江泽民总书记在中央统战工作会议上说："在宗教问题上，我要讲三句话：全面准确地贯彻执行党的宗教信仰自由政策，依法加强对宗教事务的管理，积极引导宗教与社会主义社会相适应。"2002年，党的十六次代表大会上，经过代表共同商量，在前三句话的基础上加上了"坚持独立自主自办原则"，变成了四句话。2006年，全国统战工作会议上，胡锦涛总书记明确指出，这四句话"就是党的宗教工作的基本方针"，并于2007年写进了党的十七大报告，也写进了党章。我想，用这句话来回答你提出的问题，应该是一个很好的答案和一个恰当的解释，同时，也是让和你有同样疑问的同学们，了解党和政府对待这个问题的立场、观点和态度比较直接的途径和方法。

我国实行的宗教信仰自由政策，是指公民对信不信教有完全自由的选择权利，不受外界任何组织、任何人的强迫和压力，是公民自己个人的私事。它包括信不信仰的自由，信仰什么宗教的自由，信仰什么教派的自由和什么时候信仰的自由。它既保护信教者的自由，也保护不信教者的自由。今天，一些教徒到学校进行宗教宣传的活动其实是违背国家的宗教政策的；同样，如果是无神论者，到一些宗教场所去进行无神论宣传，也是违背国家宗教政策的。你问："共产党员可不可以加入宗教？"答案是否定的。已经加入中国共产党的党员和准备加入中国共产党的预备党员以及共青团员，都不得选择加入宗教。因为共产党人是无神论者，党组织有其严密的组织纪律和神圣的社会使命，如若选择信仰宗教，必须退党。

为了保持社会的和平与安宁，国家通过法律手段依法进行宗教管理，以保护正常的宗教活动来兑现公民宗教信仰自由的政策。一是信教者不得到宗教场所以外传经布道，非宗教信仰的人士也不能到宗教场所宣扬无神论或进行有神与无神的辩论。二是信教者不得以宗教的名义反对社会主义制度、损害国家和民族的利益，否则，国家将通过法律制止和打击一切利用宗教进行违法犯罪的活动。三是信教徒不得利用宗教干预国家政权和社会主义教育，国家通过法律手段抵御一切境外势力利用宗教对我国进行的渗透活动。

我国政府管理宗教的目的是维护事关宗教事务的公共利益，不是直接管理宗教和宗教信仰。例如，国家宗教局一位前负责人在谈到如何处理和管理宗教事务时曾举了这样一个例子，说他去新疆考察，听人讲《古兰经》时，发现里面有一个词叫"吉哈德"，翻译成汉语是"圣战"的意思。一个阿訇说："圣战就是向黑大爷宣战。""黑大爷"在俄文中指"中国"。他认为这样讲经严重违反了国家利益和国家安全，但他不是阿訇，不能直接去纠正，他就通过与时任中国伊斯兰教协会会长的陈广元沟通，组织了一批著名的讲经权威阿訇，编写了《新编卧尔兹演讲集》，告诉信众，"吉哈德"就是和"自己内心邪恶的欲望作斗争，而不是去向别人宣战"。说到这里，也许你会问，这还不是管了信教人的宗教观念了吗？那是因为,如果对这样的情形放任不管,任其延续下去,就有可能危害公共利益和国家安全。对有可能危害国家安全和社会公共利益的问题,党和政府就应该管,也必须管。

说到这里,还有一个问题需要进一步澄清。就是国家对宗教和邪教的政策和态度是根本不同的。这主要是因为宗教和邪教在本质上存在差异。就宗教而言,虽然它的世界观属于唯心主义,但它有一套自身完整的教义,依法登记成立,公开活动;其活动不违背人类共同生活的要求,受法律保护。而邪教则不然,其组织是非法成立,秘密活动;其教旨通常利用人们善良的愿望,麻痹人,混淆视听,为达到一己之私,往往以诱骗和胁迫的方式,剥夺信众的财产、意志。它是背离人类文明之大道的,其特点是反社会、反人类和反科学的。2001年2月27日,国务院防范和处理邪教问题办公室负责人在国务院新闻办举行的记者招待会上说,据不完全统计,全国被"法轮功"害死的练习者和无辜人员已达1660人,有239名"法轮功"练习者为了上"天国"自杀身亡。"法轮功"使成千上万的家庭离散,造成了一大批痴迷者因拒医拒药而死亡,甚至自残、自杀、杀人害命,其中包括杀害亲属或与之毫无关系的人。所以,对待邪教,我们党和政府是不能容忍其存在的。

坚持独立自主自办原则。这是新中国成立后我国各宗教共同遵守的一个原则,即独立自主自办教会和自治、自养、自传,指中国的宗教事务由中国的教职人员和教徒自主办理,由中国教徒自己的组织进行管理。但这并不意味着我国的宗教界搞自我封闭,而是鼓励爱国宗教团体在平等友好的基础上与各国宗教组织和人士进行友好往来；同时抵御和打击境外宗教极端势力的渗透，包括境外敌对势力利用天主教和基督教进行的渗透活动。尽管不乏真心传教、劝人向善的，但也有许多敌对势力利用"两教"对我们搞渗透活动。目前，基督教的渗透已经成为某些敌对势力的国家行为，有统一的指挥。它们利用中国不断扩大对外开放的机会，借助经济贸易文化的掩护，以及中国社会价值观多样化的趋势到处渗透，利用宗教渗透到我们的精神信仰、文化需求中。如某国派出几千个传教士，从东北一路走到广州，到处传教，专讲我们社会中存在的一些不公平现象，加以放大、渲染，挑唆听众；同时宣传基督教的普世性和唯一性，认为自己是全人类唯一值得信仰的真正宗教，以唯我独尊的方式打压其他宗教和文化。为此，我们须"以民族的自尊和文化的自信来抵制它，用法律的武器来管理它"。

积极引导宗教与社会主义社会相适应。这一政策不是要求宗教界人士和信教群众放弃宗教信仰，而是要求信众们热爱祖国，拥护社会主义制度，拥护中国共产党的领导，遵守国家的法律、法规和方针政策；要求信众从事的宗教活动要服从和服务于国家和人民的最高利益和整体利益；支持信众努力对宗教教义做出符合社会发展要求的阐释，对危害社会主义祖国和人民利益的非法活动进行斗争，为民族团结、社会发展和祖国统一作出应有的贡献。

总之，宗教有其独特的文化思想，这是它所具有的独特魅力之所在，也正因为如此，宗教也才能够在千百年来吸引人们去信奉它，但它的积极作用只能在一定历史条件和一定范围内被充分表现出来。由于宗教的世界观是属于唯心主义的,决定了它有其自身的局限性和消极性,但今天,其消极作用不会很快被消除,只能通过引导被限制到最低程度和最小范围。对此,我们党和政府有清醒的认识,也有雅量包容并有效引导其沿着正确的方向发展。

祝学习进步!

邱　吉

2012 年 5 月

发送　存草稿　预览　取消

发件人: chenximin@ruc.edu.cn ▾　　　　　　　　　　　　添加抄送 | 添加密送 | 使用群发单

收件人: 一位思考着道德与宗教信仰关系的同学

主　题: 不论是否信教，都要有内心约束

添加附件(最大2G) ↓ | 网盘附件 | 写信模板　　　　　　　　　拼写检查 | ↑隐藏图文编

字体 ▾　字号 ▾　　　　　　　　　　　　　　　　　　　⌃

B Ｉ U A A ─ ▦ 4 ⊡ ⊡ 签名▾ ◇

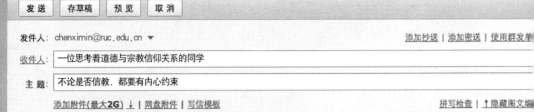

21.
不论是否信教，
都要有内心约束

◆ 诚信缺失是由大多数中国人不信教造成的吗？

◆ 不信教的人出国后会被别人认为怪异吗？

◆ 将宗教信仰与政治联系起来是传教的必然方式吗？

亲爱的同学：

　　你好！

　　我认真读了你的来信，了解到你正为有关信仰的问题而困惑。来到大学后，你发现许多同学追求入党，忙着上党校，在政治上算是有信仰的人；也有的同学接受了他人的传教，加入了基督教会，或受家庭的影响而信佛，这些同学可以说是有宗教信仰的人。但是，你自小接受无神论的教育，认同无神论的思想，根本不能像有的同学那样改变认识而去信教。现在，你虽还没有入党的强烈愿望，但也无法接受甚至非常反感那些将宗教信仰与政治联系起来的传教方式。本来，你自己觉得这样不信教、不入党，生活过得也挺快乐，但现在许多人都在谈论：没有信仰的人内心是缺少约束的；如果将来出国，还可能会受到他人的质疑。"难道没有宗教信仰的人内心真的就没有约束吗？没有宗教信仰就很怪异吗？"你虽不同意这样的看法，但面对当今社会上诚信和道德缺失的种种现象，你真的很困惑：难道这些确实是因中国人没有信仰而导致的吗？

　　其实，你的疑问早就引发了人们的思考，引起了社会对信仰问题的关注，确切地说，是引发了人们对市场经济条件下，信仰缺失对个人欲望及行为的放纵、对社会风气的不良影响的思考。近些年，社会上造假售假、坑蒙拐骗、见死不救、官员腐败的现象屡有发生。有些人就认为，这是因为中国人没有宗教信仰、内心缺乏畏惧和约束的东西而造成的。可实际上,问题并不能进行这么简单的归因。这些年来,在实行改革开放后,中国经济实现了飞速增长,人们的物质生活水平有了大幅提高。而市场在激活经济的同时,也将人们对物质的欲求调动起来。在市场经济的条件下,企业对利润的追逐、个人对利益的追求本是一种正常的现象。但市场经济也是法制经济,要求人们遵守一定的规则,对利润和利益的追求必须是合法的。而我们国家因市场经济起步时间晚,相关部门缺乏丰富的管理经验,相应的法律法规还不健全,法律法规的制定、颁布都远远滞后于经济的发展,这样就让一些不择手段寻求个人和小团体利益的人钻了空子。另外,诱惑的增多、对享乐的无尽需求也助长了一些人的贪求欲望。因此,归根结底,诚信和道德的缺失是因一些个人、单位对不正当利益的贪婪攫取、对诱惑的不加抵抗、相应的法律惩处不到位而造成的。实际上,在拥有完备的法律法规和丰富社会管理经验的发达国家里,尽管许多人都有宗教信仰,但不诚信的单位和个人照样存在,不道德的事情也时有发生。因此,诚信和道德缺失与人的宗教信仰是没有必然的关系的。

另外,没有宗教信仰的人内心未必缺少畏惧和约束。宗教中的畏惧是因害怕行恶会受到"神"现世或来世的惩罚而产生的,约束则来自宗教中的一些戒律和信条。因信"神",信徒想得到自己所信的"神"的眷顾,不希望现世和来世遭到"恶"的报应,死后也希望进天堂而不是下地狱,这样许多信徒在平时生活中会修德行善,这也就是人们所说的信教的人"心有畏惧、行有约束"的现象吧。但是,信徒都是生活在现实社会、具体国家中的人,每个国家都有自己的法律法规和道德规范,无论是来自何方的信徒都需要遵守其所生活的社会的法律和道德,做对他人和社会有益而无害的事情。法律法规和道德规范对生活在具体国家的每一个公民都具有约束力,相比之下,宗教的信条和戒律只对本教的信徒具有约束力。还有,无论是教规、戒律、信条,还是国家的法律法规和道德规范,它们的一个共同点就是需要人们将这些外在的约束转化为内在的自律,从内心真正去认同、去遵守,否则都将形同虚设,不会从根本上对人们产生实质的约束力。实际生活中,有宗教信仰的人也有作恶犯罪的,没有宗教信仰的人也有许许多多遵纪守法、行善积德的。因此,内心有约束的人一定是法制观念和道德观念强的人,无论他是宗教信徒还是无神论者。

在我看来,内心的真正约束既来自对真善美的崇尚和追求,也来自对假恶丑的厌恨和唾弃,这与信不信教没有关系。世界上的任何一种宗教,无论教派大小、信奉哪位"神",基本上都是教导人们要经受得住人世间的各种考验,力求克服困难,把握好今生,善待自己和他人,追求人生的真善美。(当然,一些邪教,如"奥姆真理教"除外。)正是对真善美的崇尚和追求,引导着人们自觉地磨砺自己的品质,掌控好自己的行为,提升自己的思想境界,从而表现出良好的修养。而追求真善美并不是宗教信徒的专利,它是世界上一切向往美好社会和生活的人共同的追求。否则,这世界就不会有惩处行恶的人的法律法规与褒扬良善的道德等规范、规约,也不会有像雷锋、郭明义等作为无神论者的道德楷模。

世界本是多样性存在的综合体,其绚丽多彩就在于不同存在所具有的差异性、所保有的独特性。世界上存在着三大宗教——基督教、佛教、伊斯兰教，众多的信众分布在世界各地，他们分属不同的民族、国家、地区，讲不同的语言，分属不同的文化种类，而且宗教本身就是一种独特的文化现象。当今世界是主张民主自由的社会，这意味着多元化的存在(无论是人，还是文化、政治制度等)，需要在沟通交流的基础上互相尊重，不同的主体之间应和平共处，不应互相蔑视、诽谤、压制、残杀。否则，既违背"神"意(教义)，也会违背人意，更不是真正意义上的自由与平等。只有在对他人或不同群体缺少了解、对世界的多样性缺乏认识和宽容、喜欢用自己的标准作为衡量评判他人或他人生活的标准时，才会对不同于自己的人和生活的社会产生质疑和偏见。人们已经看到，极端的偏见会导致拥有不同信仰的民族、国家之间发生持续不断的纷争，甚至是局部战争，会给人类带来极大的伤害。现代社会交通的便利、信息交流的发达、人员流动的增多，大大增加了不同民族、地区和信仰的人们之间相互了解的几率，人们的包容性在一定程度上也在增强。你没必要担心国外有宗教信仰的人对无神论者会有偏见，何况他们身边本来就生活着一些无神论者呢。

你在信中说，你反感将宗教传播与政治联系在一起。是的，目前社会上有些宗教传播者确实以宗教传播为名来进行有目的的政治活动。我们国家实行的是信仰自由的政策，公民可以自由地选择自己的宗教信仰和政治信仰，但这并不意味着可以利用宗教传播来鼓动民众以极端的方式来反党反政府、破坏社会的有序运行和损害人民的财产生命安全，那些都是违法的行为，在任何国家都是不被允许的。对执政党、政府有意见是正常的，任何公民个人、政党、社团、宗教派别，都可以通过正当合理合法的途径，以合法的方式方法来表达诉求，这也是公民在行使法律赋予的正当权利，是想帮助政府完善相应的制度和管理等，如果意见正确，被采纳，就是利己利民的好事。由此可知，公民表达意见、行使监督的权利并不被国家所禁止。另外，如果说借传教来传播西方的某些观念和思想，也是让人无法理解的。我国的主导思想马克思主义本来就是从西方传入的，介绍西方其他各种思想和社会理论流派的书籍不但每年都在公开出版发行，而且我们已经引进了许多原版的图书、翻译了许多原著。在可以自由地通过这么多正常的渠道，来了解古今中外不同社会、不同理论派别思想观念的情况下，又有什么思想观念需要借传教之名来悄然进行传播呢？

从世界发展的历史来看，人类早就跋涉过政教统一的泥潭，踏上了政教分离的坦途。即使在一些宗教信仰盛行的国家，宗教信仰大多也只是发挥着引导人们去恶行善的道德教育和道德引导的积极作用。当然，每个国家也会有主流和非主流、边缘的宗教信仰之分，主流宗教信仰更容易得到社会的认同。尤其对于留学生和移民来说，信仰宗教为他们创造了更多与当地信徒接近、与社会大众拉近感情、建立较密切关系、融入到当地社会生活中去的机会，也使在当地生活的外来移民有更多机会进入主流社会。信教似可使人有机会更深入接触当地文化和民众生活，毕竟西方的文化尤其是欧美文化都与基督教、天主教有着密不可分的联系。这也可能正是一些留学生或在当地生活的华人信教的重要原因。

其实，如果从增进对不同文化的了解角度来说，即使是无神论者也可以去阅读一些宗教的书籍，这可以帮助你增进对宗教及其信徒的了解。宗教中确实存在着一些积极的因素，如教导人们要能经受得住挫折、失败、痛苦，这是"神"考验其信徒信仰是否坚定的一种形式；要放下仇恨，与人为善，等等。这些对人的心灵能起到一定的抚慰作用。当你听宗教徒津津乐道地谈他的信教心得时，你可能觉得其中的人生哲理似曾相识。是的，我们的传统文化中最丰富的就是修身养性的内容，在儒家的伦理思想中，它教导人们要通过不断地修行，在今生就要达到具备理想人格的"圣人"境界，而不是在来世成"神"，这对人们更具有现实的指导意义。这也可能就是大部分中国人缺乏宗教情结的一个原因吧。

总之，无论信教与否，生活在社会中的人内心都应该是有所约束的。如果缺少了对生命的敬畏、对他人人格和利益的尊重，对世间美好情感和事物的向往，只痴迷于个人非法利益的追逐中，无论他自称是哪种宗教的忠实信徒，任何"神"也无法拯救他的灵魂，世人也会更加质疑他的所谓信仰。而不信"神"的人却可因秉持"邪不压正"的信念，在社会中遵纪守法地行事，与人和睦相处，因维护和创造美好的社会而生活得快乐自由。愿信教与不信教的人们携手共建理想的社会、美好的家园。

祝你生活快乐，学习进步！

陈锡敏

2012 年 6 月

科学的信仰

发件人：wineasy@126.com ▼

发件人：wineasy@126.com ▼　　　　　　　　　　　　　　添加抄送 | 添加密送 | 使用群发单

收件人：为革命信仰所震撼的同学

主题：因为信仰，向死而生

添加附件(最大2G) ↓ | 网盘附件 | 写信模板　　　　　　　　拼写检查 | ↑隐藏图文编

22.
因为信仰，向死而生

◆ 电影《风声》为什么会感动你我，让你我的心情涌动着久违的激情？

◆ 是什么让革命先烈在国家危难、民族危亡之际奋不顾身、流血牺牲？

◆ 在没有硝烟的和平年代还有信仰吗？还需要信仰吗？

◆ 如何让平凡的人生承担更崇高的使命？

亲爱的同学：

你好！

那天晚上，我们全班同学利用课余时间一起看了一部电影《风声》。从很多同学挂满泪痕的脸庞上，我相信你们和我一样，被这部主题为"因为信仰，向死而生"的电影深深地打动了、震撼了！看完电影，和几个同学漫步在静谧的校园，微风送来草木的清香，不远处的教学楼和宿舍灯火通明，耳边隐隐传来悠扬的歌声，有种感觉油然而生：活着真好！和平真好！但是那一刻，我们也共同陷入了沉思。正如你们在信中所写到的、在课堂讨论中所提到的，究竟是什么让老一辈革命家在民族危亡之际挺身而出、奋不顾身？究竟是什么让英雄先烈在血雨腥风、严刑拷打中坚持到生命的最后一刻？究竟又是什么让此时此刻的我们内心澎湃、涌动着久违的激情？

让我们把目光再次投向那个白色恐怖的特殊年代吧！故事发生在抗日战争中期，汪伪政权私自与日本媾和，在各敌占区成立司令部，镇压抗日分子，自此，中国的抗战进入内忧外患时期。影片一开始，一名汪伪政府的要员被枪杀，引起了日本方面的高度重视。特务机关长武田怀疑这一系列暗杀行动是共产党地下领导人"老枪"策划的，他希望抓住这次机会破获我党的地下组织。武田调查到负责给"老枪"发送指令的"老鬼"就潜伏在剿匪司令部内，于是将最有可能接触到电报的五个嫌疑人带到了封闭的裘庄:亦正亦邪的吴志国、文质彬彬的白小年、自持冷静的李宁玉、处事温吞的金生火、洒脱娇纵的顾晓梦。他们当中谁才是真正的"老鬼"?"老鬼"又如何突破戒备森严的裘庄把情报传递出去?期限只有五天,在怀疑与排查中,残忍的审讯轮番上阵,惨不忍睹的种种酷刑、不择手段的精神摧残,使剧情扑朔迷离、险象环生、扣人心弦,也使信仰的主题逐渐清晰起来……

深深吸引住我的目光的一个角色,是周迅饰演的顾晓梦。顾晓梦出场的时候可真是一个集万千宠爱于一身的娇小姐啊,自幼养尊处优,动人的容貌,显赫的家庭,在政府机关工作,频频出入风花雪月的场所,整日过的是轻歌曼舞、醉生梦死的生活。在那个内忧外患、生灵涂炭的年代,看到这样的女子令人不禁会心生鄙夷:"商女不知亡国恨,隔江犹唱后庭花。"可是,随着剧情的层层推进,晓梦的身份最终暴露。为了弥补自己误中敌人奸计传出错误情报的失职,更为了让真实的情报能够传递出去以保存地下党组织的实力,她想尽一切办法保住"老枪"(吴志国)活着走出裘庄,而她自己却以娇弱的身躯扛住了惨烈的酷刑,不惜一死以自己的身体传递情报(因为只有死人才能离开裘庄)。顾晓梦就是"老鬼",她那短暂的生命绽放出永久的芳华!

生或者死,相对于心中的信仰,都已经黯然失色。影片结束时,风声凛冽中,乌云阴霾下,顾晓梦的笑容像阳光般穿透黑暗,给人温暖和力量。顾晓梦的画外音也穿透重重岁月的帷幕呼啸而来:

我不怕死，

我怕的是我爱的人不知我因何而死。

我身在炼狱留下这份记录，

是希望家人和玉姐原谅我此刻的决定，

但我坚信，

你们终会明白我的心情。

我亲爱的人，

我对你们如此无情，

只因民族已到存亡之际，

我辈只能奋不顾身，挽救于万一。

我的肉体即将陨灭，灵魂却将与你们同在。

敌人不会了解，老鬼、老枪不是一个人，

而是一种精神、一种信仰。

这一番深情的遗言不仅仅是顾晓梦的心声，更是千千万万和顾晓梦一样有着坚定信仰并为之付出生命代价的"老鬼"们在灵魂即将要离开炼狱往天堂而去的那一刻都会有的自白。

"亦余心之所善兮，虽九死其犹未悔。"那一刻，因为信仰，向死而生！

也许，很多人无法理解我此时此刻的感受，《风声》只不过是一个电影罢了，顾晓梦只不过是电影中的一个角色罢了。但我深深相信，《风声》看似一场没有硝烟的战斗，却向人们淋漓尽致地展示了最残酷最真实的革命斗争场景，真实直观地还原了半个多世纪以前当中华民族处于危亡之际侵略者的残暴无道和革命者的坚贞不屈。历史的每一点进步都有无数人默默的牺牲和奉献。

在国家危难、民族危亡的年代里,正是因为有了不计其数的"顾晓梦",正是因为有了他们的坚守和牺牲,才有了我们今天的和平与美好生活。如果用现在这个社会的某些价值观去衡量,"顾晓梦"这样的人或许真的是有些人无法理解的。在那个民族已到了生死存亡时刻的年代里,"顾晓梦"们所做的事情、所付出的鲜血和代价往往终其一生都不会得到回报,他们不会获得任何金钱等物质的利益,不会获得任何权势和地位,也不可能拥有属于他们的军功章。但是无数的革命先辈为了国家、为了民族、为了千千万万的同胞过上有尊严的生活,仍然选择了前仆后继、万死不辞。他们以血肉之躯证明了对祖国的热爱,书写了"我以我血荐轩辕"的悲壮历史。他们有的姓名不详,但是他们的事迹不朽。究竟是什么驱动着他们,究竟是什么让他们拥有如此强大的力量来坚守心中的理想?其实"顾晓梦"早已告诉我们答案,是信仰!正是因为有了信仰,才能让他们在经受敌人的严刑拷打之时,仍有"身在炼狱,如遇清凉境界"的胸怀;正是因为有了信仰,才能使他们在黑暗之中看到曙光,点燃拯救民族的希望;也正是因为有了信仰,当年嘉兴南湖游船上那点点的星星之火能够燎原,积贫积弱的中国能够打败精锐的日本军队,小米加步枪的"赤匪"能够打败国民党数百万的正规军建立起新中国……

和你们一样,在看电影的时候,我也不禁扪心自问,同是血肉之躯,如果我们不幸生在那残酷而无奈的年代,除了蝇营狗苟地求生存之外,自己有勇气如《风声》里的英雄们一样拯救民族于危难之中吗?当面对残酷的考验时,我们又能否放弃自己珍爱的一切坚持到血肉模糊的最后一刻？正在享受和平与幸福生活的我，好像不敢立即斩钉截铁地回答："我能！"但是正是这种犹豫和迟疑，却让我陷入深深的反思：如若不能，我有什么理由，不将自己的身体挺直，庄严地仰视革命先烈？如若不能，我又有什么理由，不直面历史，更加珍惜当下来之不易的幸福安宁？如若不能，我还有什么理由，不追寻和思考信仰的所在，让自己的人生去承担更加崇高的使命？

也许有人会说，时代不同了，我们现在生活在没有硝烟的和平年代，现在，还有信仰吗？还需要信仰吗？还有奢谈信仰的必要吗？

其实，在漫长的历史中，无论时代和环境如何变幻，人们总会抱着一些共同的善良的愿望，坚定如常：希望世界更加和平，希望国家更加强盛，希望社会更加公平，希望家庭更加美满，希望生活更加幸福……所不同的仅仅在于，不同时代的人面对不同的历史课题，承担不同的历史使命。当前，我们这一代人所面对和承担的是什么呢？是建设和发展中国特色社会主义、实现中华民族伟大复兴的历史使命，这同时也是我们的共同理想！理想变为现实不是一蹴而就、一帆风顺的，往往会遭遇波澜和坎坷，甚至会出现挫折和失败。而坚定的信仰，正是激励人们迎接挑战、克服困难的精神支柱和强大力量，是人们乘风破浪、搏击沧海的灯塔和动力之源。

有人也许会觉得，如此宏大的话语，与我一个小小的普通人相距甚远。其实不然。国家由个人组成，共同理想就融在每个人的生活、工作与理想之中，和我们每个人都息息相关。通往理想的路是遥远的,但起点就在脚下,在一切平凡的岗位上,在扎扎实实的学习和工作中。

"我曾经做过一个梦,梦见我们试验田里的水稻长得像高粱一样高,稻穗有扫帚那么长,谷粒有花生米那么大,我和几个助手就坐在像瀑布一样的稻穗下面乘凉。"这是一个朴实又不乏浪漫的梦,是一个人的职业梦想,是一个科技工作者的强国梦想,也是社会共同理想的一部分。做这个梦的人,就是立志要解决中国人吃饭问题、有着"世界杂交水稻之父"之称的袁隆平。

有一个人,他在 15 年中每天都提前两个小时上班,相当于多干了 5 年的工作量;16 年中捐款 12 万元,先后资助了 180 多名特困生;20 年中累计献血 6 万毫升,是他自身血液的 10 倍多……他是个普通人,可是他坚持不懈做小事,持之以恒做好事,把小善书写成了大爱,在平凡中收获了崇高。他就是被誉为雷锋传人的"好人"郭明义。

不知不觉写了好多,最后把我们在课上向大家推荐的《你的努力,就是这个国家的方向》(《新京报》2012 年元旦社论)中的几句话附在下面,与你共勉吧:

"你若是向往光明,黑暗的唯一意义就只在于衬托光明;你若为追求美好世界而生,你的一生便已在美好世界之中。公平、正义、平等、透明、开放、理性、良善、美好……这一切我们对未来的期许,其实就取决于我们自己……所有的人,无论此刻你身处何方,在新的一年以及将来的年年,请带着自己的期许去生活,去努力。你的努力,就是这个国家的方向。你的价值观,构成了这个国

家的价值观。你是大地,你是时间。你是你所期许的国
家,你是即将来到的日子。"

祝好!

王　易

2012 年 5 月

发送　存草稿　预览　取消

发件人: zp2233@263.net ▼　　　　　　　　　　　　　添加抄送 | 添加密送 | 使用群发单

收件人: 一位关心国家未来的同学

主 题: 当代中国的共同理想与追求

添加附件(最大2G) ↓ | 网盘附件 | 写信模板　　　　　　　拼写检查 | ↑隐藏图文编

字体 ▼　字号 ▼

B *I* U A A — 囲 ↙　　签名▼ ‹›

23.
当代中国的共同理想与追求

◆ 为什么要关注社会理想?

◆ 如果走资本主义道路，中国将会怎样?

◆ 怎样树立中国特色社会主义共同理想?

亲爱的同学：

　　你好！

　　很高兴收到你的来信。非常钦佩你的勇气，敢于把这个困扰你许久的"思想问题"提出来。诚如你在信中所说，现在的大学生都是家里的"独苗"，从小就被教育要考上一所好大学，找到一份好工作，过上一种好生活，这几乎是他们对于未来的全部打算。至于国家、社会的未来，认真想过的人不多，总觉着那跟自己没有太大关系。就算想过了，大多也简单地认为，不管社会主义还是资本主义，只要能使国家富强、人民幸福，就是好"主义"。至于从小到大政治课上讲的"只有社会主义才能救中国，只有社会主义才能发展中国"，那只是应付考试的"大道理"，虽然也能列举出一二三条"标准答案"，但谈不上什么真正的理解和接受。

　　我相信你说的都是实情。在今天这个个人利益愈益凸显的时代，为自己、为家庭设计一个美好未来并为之不懈奋斗，本没什么错，也是值得提倡的。但是，在为自己、为家庭打算的同时，不要忘了，人都是社会的人，个人生存的条件、发展的机会、肩负的责任等，都是同社会的发展紧密联系在一起的。任何人实现自己的抱负和追求，都不只是纯粹的个人行为，而是要以社会为载体的。所以，各个时代的人都会提出自己的社会理想，而社会的发展进步也正是一代又一代人不断提出社会理想并为之奋斗的结果。

中华民族是一个历史悠久的伟大民族,在数千年的历史长河中,创造了辉煌灿烂的文明。但进入近代以来,由于外国资本主义的入侵和本国封建统治的腐败无能,中国一步步地沦为半殖民地半封建社会。为了改变这种落后挨打的局面,当时先进的中国人曾经不辞辛劳地向西方寻找救国救民的真理。从魏源、龚自珍倡导的"师夷长技以制夷"到曾国藩、李鸿章推行的洋务运动,从康有为、梁启超发起的变法维新到孙中山、黄兴领导的辛亥革命,一次又一次尝试均以失败告终,中国不但没有发展成一个强大的资本主义国家,反而在半殖民地半封建社会的泥潭中越陷越深。正如毛泽东曾经质疑的:"很奇怪,为什么先生总是侵略学生呢?中国人向西方学得很不少,但是行不通,理想总是不能实现。多次奋斗,包括辛亥革命那样全国规模的运动,都失败了。国家的情况一天比一天坏,环境迫使人们活不下去。怀疑产生了,增长了,发展了。"至1949年新中国成立的时候,"西方资产阶级的文明,资产阶级的民主主义,资产阶级共和国的方案,在中国人民的心目中,一齐破了产。资产阶级的民主主义让位给工人阶级领导的人民民主主义,资产阶级的共和国让位给人民共和国"。

这就是近现代中国走上社会主义道路的历史必然。听我讲到这儿,也许你会说,这都是老掉牙的道理了,从中学到大学的政治课不知讲了多少遍。就算讲得有道理,但那毕竟是"历史"呀。60多年过去了,连社会主义的老大哥苏联都已经剧变了,中国还能在社会主义道路上坚持多久?当今世界最发达的国家哪个不是资本主义?如果中国也走西方的道路,不就可以很快地发展成像美国那样富裕、强大的现代化国家？

从这一连串问题可以看出，你是一个胸怀天下、关心国家前途命运的人。和你一样，我也希望有朝一日中国能够发展得"像美国那样富裕、强大"。但现在的问题是，怎么才能达到这个目标？如果让我回答，还是挂在口头多年的那句话："只有社会主义才能救中国，只有中国特色社会主义才能发展中国。"对于这句话，你能够理解和接受吗？我感觉有难度。前半句讲的是历史，你没有太大疑问，因为你在信中已承认，"有它的必然性"；后半句讲的是现实，你可能就半信半疑了。

其实，这也没什么，先听听我讲的。中国是一个经济文化落后的东方大国，要在这样的基础上实现现代化和民族伟大复兴，有什么道路可走？放在 20 世纪的世界历史舞台上，无非两条：一是社会主义，二是资本主义。中国在当时复杂的国内外形势下选择了社会主义，至今已60 多年了，其间虽然也曾经历过曲折、犯下过错误，但总的来说还是披荆斩棘、不断前行的。前 30 年，在旧中国遗留下来的"一穷二白"的基础上，建立了独立的比较完整的工业体系和国民经济体系；后 30 年，开启了改革开放的历史进程，开辟了中国特色社会主义道路，使得中国人民的面貌、社会主义中国的面貌、中国共产党的面貌发生了历史性变化，举世看好中国发展的美好前景。

如果中国走资本主义道路，几十年下来会是怎样？能否像你我共同期盼的"像美国那样富裕、强大"？改革开放伊始，邓小平不止一次强调："中国十亿人口，现在还处于落后状态，如果走资本主义道路，可能在某些局部地区少数人更快地富起来，形成一个新的资产阶级，出现一批百万富翁，但顶多也不会达到人口的百分之一，而大量的人仍然摆脱不了贫穷，甚至连温饱问题都不可能解决。""如果我们不坚持社会主义，最终发展起来也不过成为一个附庸国，而且就连想要发展起来也不容易。现在国际市场已经被占得满满的，打进去都很不容易。"看来，当代中国若是走资本主义道路，国内必然出现严重的两极分化，国际上必然沦为西方发达国家的附庸。这样的结果，也许符合某些局部地区、少数更快地富起来的人的利益，但对于中国大多数人来说，则是一种悲剧。所以，走社会主义道路还是走资本主义道路，不是一种抽象的"主义"之争，而是一种实实在在的利益选择。如果为少数人着想，自然选择资本主义，这样他们可以更快地富起来；如果为大多数人着想，只能选择社会主义，这样他们才可以从根本上解决贫穷问题，最终实现共同富裕。

也许你会说，在今天的中国，也存在着收入分配不公和两极分化的问题。我的解释是，在改革开放中出现这样那样一些问题，并不是中国特色社会主义的本质使然。只要我们全面坚持党的"一个中心、两个基本点"的基本路线，像胡锦涛代表党中央要求的那样，"及时总结改革的实践经验，对的就坚持，不对的赶快改，新问题出来抓紧研究解决"，改革开放的伟业就一定能够沿着正确方向不断前进，中国特色社会主义道路就一定能够坚定不移地走下去。

也许你还会说，如果中国走资本主义道路，是否可以取得更大的成就，避免出现一些问题？说不定早跟北美、西欧、日本一样，步入了发达国家行列？这里，先不说这些国家有没有出现一些问题，且看看它们是怎么"发达"起来的。

回顾一下资本主义发展史。一个国家要发展资本主义，至少应该具备五个方面的条件：一是资金。随便办一个小工厂，也得有本钱。可小本经营赚钱太慢，必须发横财。如何发横财？先行的资本主义国家几乎都是靠着侵略、掠夺别国来积累资金的。二是要有资源。本国资源不够，还要取得别国甚至世界各地的资源。英国的殖民地面积曾经达到本土的 94 倍，日本的殖民地面积也曾 10 倍于国土。现代资本主义同样是靠着不等价交换，低价从世界各地尤其是第三世界购进原材料和低端产品，高价向世界各地尤其是第三世界国家倾销高端产品。三是要有市场。本国市场饱和了，还要占领别国市场。当年英国发动鸦片战争，不就是为了打开中国市场？今天一些西方国家，对外要求贸易自由主义，对内奉行贸易保护主义，不还是为了抢占别国市场，保护本国市场？四是要有劳动力，而且是自由劳动力。生产形势好了，可以随意雇佣；生产形势不好了，可以随意解雇。五是要有转嫁危机的地方。本国经济发生危机了，要能够转嫁出去，让别国去受穷、去动乱，保证本国不出现大的问题。在这五条中，至少有四条都要和邻国、别国发生矛盾。所以，一个国家发展资本主义，就需要一大片相对落后于它的国家和地区，为它的发展提供土壤，提供回旋的余地。这就使得先行的资本主义国家具有很强的排他性，不让别国跟着学，也搞它那样的资本主义。就好比在常规战争中，一方占据了制高点，他方想冲上来，同样占据制高点，谈何容易！

告诉你一个有趣的现象。一百多年前攻占北京的八国联军中的"八国"可谓当时资本主义世界的强国;一百多年过去了,今天世界上最发达的八个国家组成了八国集团。此"八国"与彼"八国"相比,只有一个差别,加拿大取代了奥地利,另外七个国家原封未动。这期间,有多少个国家想跻身到世界强国行列,可都没有成功。

　　怎样才能成功? 如果向已经发达起来的"资本主义老大哥"请教,"老大哥"会提供"标准答案":"政治民主化、经济自由化"。纵观近二百年的世界史,后起国家凡是按照这条道路走的,几乎无不失败;没有失败的也困难重重,甚至已成为别国的附庸。没有按照这条道路走的,大都先取得国家独立,建立起强有力的政权,由政府来保护、支持本国企业发展,多多少少取得了一些成功。概而言之,后起国家实现赶超战略,大体上有四条道路可以选择:

　　一是军国主义道路,以德国、日本为代表。德、日作为后起的资本主义国家,在实现赶超的过程中,没有搞"政治民主化、经济自由化",而是搞了军国主义化,把军队、政府、企业结合起来发展资本主义,用军事侵略来积累资金、取得原料、拓展市场,结果取得了成功。但这样的"成功之路"也是一条"血腥之路","二战"后走不通了,没有哪一个落后国家能够通过军事侵略实现自己的发展。这条道路中国肯定不能走,我们能去侵略谁、掠夺谁吗? 既没这个传统,也没这种意愿。

　　二是"政治民主化、经济自由化"的道路,或许可以把印度拉来作为代表。印度和中国都是文明古国、人口大国,独立前的经济、政治条件接近。印度1947年独立,中国 1949 年解放，但独立和解放后两国选择了不同的发展道路。印度搞起了资本主义、议会民主，中国搞起了社会主义、共产党领导。经过几十年的发展，印度经济虽有起色，但相对于中国却不可同日而语，而且封建势力强大，政治纷争不断，政府力量虚弱。恰如 1999 年 8 月10 日美国《洛杉矶时报》的一篇长文所说，两国差不多同时宣布独立，"当印度领导人今天准备庆祝第一个五十年的时候，却不得不承认除了在人权和公民自由领域外，几乎在每一个层面，中国在改善其人民——包括最穷的公民——的生计方面比印度做得更多"。类似这样的国家还很多，都是美国民主模式的正宗海外版，比如亚洲的菲律宾、非洲的利比里亚、拉美的海地，它们的发展状况如何？谁敢保证，中国走上这条道路之后，就一定能成为美国、西欧、日本，而不会成为一直在这条道路上苦苦挣扎的其他国家？

三是军人掌权的道路，这是"二战"后原殖民地、半殖民地国家大量出现的一种现象。这些国家原先在西方殖民者或本国封建帝王的统治下，建有一支新式军队，培养有一批新式军官，这些军官接受了西方教育，其中一部分人成了热情的爱国者、民族主义者。他们通过武装斗争或军事政变，推翻了封建王朝，建立了军事政权。掌权后，收回了被西方霸占的种植园、矿山、油田等，筑起关税壁垒，保护本国经济发展。在军人掌权初期，一般尚能励精图治。但几年十几年过后，政权腐化，派系纷争，引起经济停滞，民怨沸腾。这时，另一派军人乘机发动政变，夺取政权，经过一番动荡，渐趋稳定。几年十几年过后，这派军人政权再度腐化，再次被军事政变推翻。

这就是许多亚非拉国家的政局状况,长年在政变、政府轮替、民选、军管的怪圈中打转,很难有一个长期稳定的发展环境。中国在历史上已经吃尽了军阀混战的苦头,绝不能允许这种悲剧重演。

四是社会主义道路,仅以苏联为例。十月革命前的沙俄是一个落后的封建军事帝国,但革命后由于选择了社会主义道路,很快恢复了被破坏的国民经济,迅速展开了大规模的经济建设。1938年和1913年相比,工业产量增长了8倍多,而同期美国只增长了20%,英国只增长了13%,德国只增长了31.6%。社会主义工业化的实现,为苏联在"二战"中打败德国法西斯奠定了重要的物质基础。战后,苏联经济迅速恢复发展,并在短时间内成为仅次于美国的超级大国。1913年俄国的工业总产值只相当于美国的6.9%,到1985年戈尔巴乔夫上台时,苏联的工业总产值已相当于美国的80%。在两次世界大战都以苏联疆域为主战场的情况下,苏美间的经济差距不是拉大了,而是缩小了。苏联是人类历史上第一个社会主义国家,尽管今天已经解体了,但社会主义在苏联70多年的存在,还是建立了不可磨灭的历史功勋的。不能不承认,这是社会主义制度优越性的体现。

综上所述,在后起国家实现赶超战略的四条可以选择的道路中,对当代中国来说,前三条都是死路,只有社会主义才是活路。这个道理,岂不是很清楚吗?在当代中国,坚持中国特色社会主义,就是真正坚持社会主义。在这样的现实背景下,要求包括你我在内的全国各族人民普遍树立中国特色社会主义的共同理想,岂不是顺理成章的事情?

　　啰啰嗦嗦地讲了这些,不知你能够接受多少。非常乐意就这个话题继续与你交流。

　　祝学习进步!

左　鹏

2012 年 5 月

发送　存草稿　预览　取消

发件人：chenximin@ruc.edu.cn ▼　　　　　　　　　　　　　　添加抄送 | 添加密送 | 使用群发单

收件人：对党有不同看法的同学

主　题：谈谈对党的信任

添加附件(最大2G) ↓ | 网盘附件 | 写信模板　　　　　　　　拼写检查 | ↑隐藏图文编

字体 ▼　字号 ▼　　B I U A A ─ ▦ 4　签名 ▼　〈〉

24.

谈谈对党的信任

◆ 如何看待当代执政的中国共产党？

◆ 贫富差距在拉大，共同富裕从何谈起？

◆ 腐败官员层出不穷，党的管理出了问题吗？

亲爱的同学：

　　你好！

　　不久前，你来信说，虽然还是大学一年级的学生，可你周围的许多同学都在写申请书，积极参加学校举行的入党积极分子培训班，准备加入中国共产党。你认为，入党是件严肃的事情，也是一件涉及终身的大事。你不想像有的同学那样，内心虽怀有对党的负面看法，可为了将来世俗的功利目的而违心地去加入党组织。对党，你的感情很复杂：你敬佩新中国成立之前，进行革命、寻求中华民族独立的党；但对新中国成立之后，对领导国家建设、行使社会管理职能的党，有些看法。党在"文革"中犯过那么大的错误；改革开放后，社会上又出现了贫富两极分化的现象，党内也出现了那么多的腐败分子。但你并不否认，中国是在党的领导下取得了巨大成就、拥有了今天的国际地位的。可成就也掩盖不住问题，你自己陷入了矛盾之中。你问我，究竟应如何看待当今的中国共产党？这个问题一直困扰着你，也影响着你下定决心加入这样一个党的组织。

　　看了你的信，了解到你现在的纠结。我很感谢你对我的信任，愿将内心中的政治困惑坦诚地告诉我。从来信看，你是一个认真负责的人，不愿轻率地对待入党问题。确实，入党不仅是加入一个组织，而且是关乎信仰的大事，需要经过认真思考后作出选择。我想，大学生中还有许多像你这样的人，对党的感情复杂，对党的认识也存在着矛盾。借此机会,我也愿谈谈自己对党的认识,与像你一样还处于疑惑中的大学生做一次坦诚的交流。

你说,对新中国成立之前,进行革命、寻求民族独立、建立新国家的党是充满敬佩的。通过学习党史,你应该了解,让你敬佩的党也是在艰难困苦中经过不断摸索、付出过惨重的代价,才找到了救国救民的正确道路的。党在那时也是在不断地战胜来自党内外的各种错误中,找准正确道路的。而且,那时党内也出现过叛徒,有时甚至是党的高级干部成为了叛徒,但这些都没有阻挡住党前进的脚步。这些,想必你也一定了解,这里就不赘述了。

是的,中国共产党在新中国成立后就转变成为一个执政党,成为了国家的管理者。这确实需要完成角色的转变。尽管党以前在根据地、解放区都承担过管理社会的工作,但那与进行和平时期全面的社会管理还是有差别的,这对我们党无疑是一个挑战。在新中国成立后的几年中,中国共产党将人民的积极性调动起来,在"一穷二白"的基础上,领导人民掀起了建设社会主义的高潮,使全国的工农业生产都实现了较快的发展,取得了不小的成绩。

谈到"文革",它确实是由领导者错误发动的错误运动,给国家造成了巨大的损失。但我们也应该看到,当时正值西方国家对我们实行全面的封锁制裁,与苏联的关系破裂,国内在如何促进经济发展问题上也出现了不同意见。这些都使当时的领导人绷紧了阶级斗争的神经,错判了形势,致使国家工作的重心出现了偏离。尤其是斗争对象和范围都扩大化了,出现了失控的局面,形成了浩劫。这段历史发人深思，让人警醒。

幸亏党及时进行了拨乱反正，使国家走出了迷途。尤其是，我们党能对自己所犯下的错误进行深刻的反思，对党和自己的领袖进行了客观的评价，做出了《关于建国以来党的若干历史问题的决议》。可以说，在世界上，并不是任何一个政党都能对自己进行正确的认识，特别是能正视自己所犯的错误。而中国共产党就具备了这样的勇气：不偏袒自己的错误，勇于承担责任；不割断历史，客观分析对待。这确实表现出了一种历史唯物主义的态度，体现了一种敢于负责、自信自省的气度。这也是党的伟大之处！客观地说，一个政党也如同一个人，要经历一个不断成长的过程，而成长有时需要付出代价，这就是犯错误。一个成熟自信的人是不会回避自己曾经犯过的错误的，而会正视它、认真分析它，力图从中吸取教训，走好今后的路；一个政党也是如此。

中国共产党正是吸取了这次教训，迅速将工作的重点转移到经济建设上来，开始了改革开放的新征程。我们不但在国内进行经济改革，而且力争融入到世界经济发展的体系中。经过15年的艰苦谈判，我国终于加入了世贸组织，成为世界经济体系中的一员，为我国的经济发展开拓了新的空间，提供了新的契机。

今天，我国的市场经济发展得如火如荼，经济总量在世界排名第二。但你可能并不了解，当年在市场经济是姓"资"还是姓"社"的问题上，国内曾有过非常激烈的争论。新中国成立后，我国按照苏联的模式，一直实行计划经济的体制。在人们的头脑里，市场经济是资本主义的东西。但1992年邓小平南方谈话后，人们逐渐明白了,市场不是资本主义独有的,它也可以为社会主义所利用,计划和市场都是经济手段,不是资本主义与社会主义的本质区别。这就解放了人们的思想,建设性地发展了马克思主义理论,为其他社会主义国家实行市场经济开拓了思路,奠定了理论基础。这是中国共产党对人类的一大贡献。

此外,申请加入世贸组织是党中央做出的迎接经济全球化挑战的战略决策,是以改革促开放,以开放深化改革的伟大实践。针对当时有些人认为我国没有能力在世界经济的大海里搏击的担忧,党中央依然坚持"入世"的主张。这种坚定来自对清王朝实行闭关自守政策而使国家错失发展机遇的深刻认识,来自对当代世界经济全球化发展必然趋势的洞察,来自对历史发展新机遇的把握。正是伴随着申请"入世"的过程,我国确立了实行社会主义市场经济体制的方针,修改、统一、完善了许多法律法规。正是由于加入了世贸组织,投资环境得到了改善和保障,我国的外商投资大大增加,对劳动力的需求旺盛,出现了人员的大量流动,对党的建设提出了新的课题。面对新的情况,我党及时出台了关于加强党员管理的新规定和关于吸收在新经济成分中工作的人员入党问题的规定。可以看出,无论是从推动国家的经济建设,还是从推进国家的民主法治建设,到在新形势下加强党的自身建设,中国共产党都从战略的高度做出了及时而正确的反应,制定了可行的方案,把握住了历史所提供的发展机遇。

诚然,经济发展了,社会也出现了贫富分化的问题,这引起了人们的不满。实行经济改革之初,中央的设想是,让一部分人先富起来,让先富带动后进,最终实现共同富裕的目标。但设想真正实施起来要复杂得多,需要将制度上的各个环节都设计好、配备好。国家无疑是采取了一些措施、做了一些工作的,但有些方面的工作做得还不够,这其中也存在管理经验不足的问题。但正如我们所看到的,近些年来,我国在法律制度的建设上已取得了长足的进展。在社会保障体系上,前进的步子也更大了:我国在推进城市职工基本养老、基本医疗、生育、工伤保险制度的同时,增加了失业基本保险,七次提高离退休职工的养老金,对城市居民实行了最低生活保障;对农村人口实行了大病统筹医疗保险制度,并从2010年开始,国家逐步在全国范围内对农村60岁以上的老人每人每月提供55元的基本养老金,开了历史先河。2011年始,我国又对城镇60岁以上的居民每人每月提供90元的基本养老金。政府又在2011年11月决定提高农村贫困人口界定的标准,从2009年的年人均纯收入低于1196元提高到2300元。这些都可以说是我国在消除贫困、推进共同富裕上所做的努力。虽然离共同富裕的目标还差得远,但我们毕竟是在拥有世界最庞大人口、经济基础曾经很薄弱、经济发展不平衡、自然环境和资源条件不够好的国家搞建设,只要我国在不断发展、不断采取确实的措施,就会离目标越来越近。

改革开放促进了经济的发展,也带来了层出不穷的诱惑,尤其是对手中握有一定公共资源和权力的官员来说,更是如此。革命战争年代,党内会有经受不住考验的叛徒;和平发展时期,同样有经受不住诱惑铤而走险的腐败分子。正因为面临着新的考验,为了保持党的先进性、纯洁性、为人民服务的宗旨,党一方面坚持不懈地进行党员的思想建设,另一方面毫不放松地进行反腐倡廉、打击犯罪的工作。应该说,在新的形势下,党员更应不断地加强党性的修养,提高廉政的意识和服务群众的水平。

判断一个政党,必须从整体上去看党的宗旨、大的发展趋势、实际实行的方针政策、大多数党员的所作所为,而不能凭个别人、个别时期的错误作为来判断。中国共产党是一个拥有八千多万党员的组织,在复杂的形势下,治理好这样一个政党,并不亚于管理好一个国家的难度。因此,我个人认为,党在建设时期所做的一切、所取得的成绩一点也不逊色于革命和战争时期,其面临的形势的复杂性、任务的艰巨性、来自国内外和党内外的压力和挑战一点也不逊色于战争的危险,在没有硝烟的战场上对党的各种考验可以说更多更强了。

最后,希望你能从整体上、从发展变化的角度来正确评价中国共产党,坚定对中国共产党的信任,并成为其中的一员。

祝好!

陈锡敏

2012 年 6 月

25.
谈谈对法律的信仰

◆ 如何看待司法不公现象？

◆ 我国为何不实行西方式的司法独立？

◆ 为何不能快速变革滞后的法律规定？

亲爱的同学：

　　你好!

　　读了你的来信,了解到你的困惑和疑虑,深深为你忧国忧民的情怀、希望建设法治国家的强烈愿望所感动。你在信中说,当老师在课上讲到"建设社会主义法治国家"时,你热血沸腾。你还说,实现公平正义、建设如西方般的法治社会是大多数大学生的愿望,是令人向往的社会理想;但课下,当回到现实中,美好的社会理想往往为诸多"人治"的丑恶现象、司法的不公而击碎,于是气愤、失望甚至是绝望的情绪油然而生。情绪就这样在"丰满的理想与骨感的现实"面前纠结着,对建设法治国家的信念也随之发生了动摇。作为年轻时曾有过同样心路历程的思想道德修养和法律基础课老师,我想与你这样对建设法治国家极度向往而又对法治现实不满的同学,谈谈我对坚定法律信仰、建设法治国家的看法。

　　法治是依据法律治理国家的简称,是相对于人治而言的一种治理社会的原则、理念与方法,是一种相对稳定的公平合理的管理社会的策略。法律虽说是由人制定的,但它毕竟是以道德为基础,经过了一定的程序,征集了各方的意见,集中了社会各方的智慧,综合考虑了社会当时的总体状况和要求,力求使各方的利益在一定的条件下达到平衡。因此,社会所制定和颁布的法律总体来说是较为理性的,基本上过滤掉了浓厚的感情色彩和个人意愿。而人治是靠人的贤能来治理国家,但无论怎样杰出英明的人物,由于其受到出身背景、生长环境和经历、知识结构、领导才能和认识、情感等的制约,客观上一定存在着自身的局限性,在治理国家时难免会存在盲区和失误,实行的政策难以排除个人喜怒哀乐的干扰,缺少科学性和稳定性,容易给人民和国家造成损失。我国在经过"文革"破坏法制的教训后,中国共产党深刻认识到改变"人治"进行民主法制建设的重要性。早在1978年,邓小平就明确提出:"为了保障人民民主,必须加强法制。必须使民主制度化、法律化,使这种制度和法律不因领导人的改变而改变,不因领导人的看法和注意力的改变而改变。"他也多次谈到,将一个国家的命运寄托在一两个人的威望上是很不正常的,夸大一个人的作用是很危险的。正因为认识到"人治"的危害性,我国不断推进法制建设,制定颁布了一系列法律法规,填补了社会生活中许多领域无法可依的空白。到目前为止,中国特色社会主义法律体系已经形成,为依法治国奠定了坚实的基础。

有法可依只是建设法治国家的第一步,还需要各执法机构认真严格执法,建设法治型政府。我们都知道,我国是一个拥有几千年帝王统治传统的国家,"人治"的影响至今仍然很深,这充分表现在人们的"官本位"思想中。国家的执法机构、相应的执法人员都是掌握一定的公权力和公共资源的,如果不依法行政、为民众的公共利益服务,就会发生以权谋私侵害公众利益的现象,就会出现不公平不公正的状况。另外,政府的权力是民众通过法律赋予的,只能在职权范围之内行事,不能超越法律赋予的职权办事,这也包括了位高权重的人超越职权为社会、民众办好事的情况。在现实生活中,我们都能看到"人治"的情况时有发生,不管结果好坏、对民众利益的损益如何,这都是与法治不相符的。特别是,当某些地方、领域出现了一些不符合规定、令人极其痛恨的情况时,当地群众经过长时间反映而无人理睬,而当上级领导关注、下达指示后,问题很快就能得到解决。这时,群众往往会对某位领导称赞不已、充满感激,但这种情况恰恰反映了一些执法部门存在"人治"的思想和实际状况。因此,要建设法治国家,我们的政府人员、执法机构需要一切从人民的利益出发,依法行使权力,恪尽职守,而这样做同样也是对上级的负责。当然,对于不符合规定、超越法律权限的事,即使是面对领导的指示、民众的压力,执法部门及人员也不能照办。这样看来,依法办事,有时也会发生令群众不满的现象。总之,依法行政不但需要政府、执法机构按法律行使权力,也需要群众的理解及具备一定的法律意识,尤其不要只是指望"青天大老爷"的出现。

法治,也要求民众尊重法律权威,接受法律意义上的公平正义。你在信中说,社会中存在许多司法不公的现象,让你很失望伤心。我不否认,社会中确实存在着司法不公、司法腐败的现象,但这样的情况总是少数。客观地说,即使是你认为高度法治的西方社会也并不能完全实现实质上的公平正义,也只能是法律层次上的公平正义。法律所主张的公平正义是重程序、讲法理、重证据的,有时可能不是实体的公平正义。不知你是否了解著名的美国前橄榄球明星辛普森杀妻案。按当时的种种迹象,许多人都认为是辛普森将他的前妻杀害了。但因当时办案人员搜查辛普森住宅和取证时的程序不符合法律的规定,所得到的证据受到了质疑、失去了法律效力,以致无法将犯罪嫌疑人绳之以法。此案至今仍是个悬案。另外,许多人都觉得美国的总统选举是公平公正的竞争、是民主的典范,但美国实行的是选举人制度,即候选人在一个州获得了超过50%的选票,他就获得了这个州的所有选举人票(各州按一定规定分配选举人票数),即实行"胜者通吃"的规则。2000年,在作为共和党候选人的小布什和作为民主党候选人的戈尔竞选总统时,就出现了这样的状况:按全国一人一票的算法,戈尔获得的总票数超过了布什,但布什获得的选举人票数比戈尔多。戈尔不承认竞选失败而诉诸法律,因他获得了大多数美国民众的支持。最后,联邦最高法院判决布什胜,戈尔宣布认输。戈尔说,自己虽心有不服,既然法官按法律规定做出了裁定,他尊重法律。可是,当时的九个最高法院大法官中,共和党与民主党的比例为5:4。在我们看来,这怎么能算是公平呢?但美国的法制、法律意识,就是遵守已经颁布的法律,主张公平正义必须严格按照法定的程序,须有确切充分可信的证据证明,遵循法律原理和精神,即使法律有瑕疵,在未做修订前也只能按既有的法律行事。这样就是实现了的公平正义,这样的公平正义也只是一种相对的公平正义,绝不像一些人以为的西方国家的公平正义是绝对的。如果执拗地要绝对的公平正义,就有可能在实际的司法实践中出现违背程序或忽视证据的做法,最终反倒损害了法律的尊严和信度。特别是,在网络化的社会中,一些人凭网络、传说中的一些事情,就进行主观猜测和推断来主张权利,对不

符合自己判断的判决就认为是存在着司法腐败,而不了
解其所主张的权利没有合法的程序和充分有效的证据
来支持。这只能说明,这些人还缺乏建设现代法治社会
所要求的法律素养,根本不懂得什么是真正的法治,不
懂得法治不是万能的,其自身也是具有一定局限性的。

另外,法律的局限性也体现在法律具有一定的稳定
性上,其更新的速度会落后于迅速发展的社会现实。一
般情况下,法律总是针对已经充分展开的社会生活和能
够预见到的可能状况进行规范,而发展的现实具有复杂
性的特点,人的认识也总有其局限性。此外,过于频繁地
修改法律也会让人有无所适从的感觉,不能让人们对自
己的生活和工作进行规划、对行为结果进行预测,对社
会的稳定也是不利的。而即使修法,也需要经过一定的
程序,从调研、征集民意、拟订草案到专家论证、听取群
众意见、进行修改、人大表决通过等等,都要花费一定的
时间和精力。所以说,法律滞后于社会的发展是有一定
的客观原因的,何况我国还处于社会迅速发展的变革
期。从世界范围来看,当一国处于快速发展的阶段时,其
法律的健全完善都受到过挑战,这是人类的共同现象,
你没必要过分担心法律滞后的负面影响。然而,这并不
是说,法律存在明显的漏洞而无能为力。在我国,通过最
高人民法院制定相应的司法解释等方式来弥补法律条
文规定的不足;在实行普通法的外国,则通过法官的具
体判例来体现和延续对法律一贯所主张的立场的坚持
和弥补法律已有规定的缺失。

你在来信中还谈到司法独立的问题,希望我国也实
行西方式的司法独立。实际上,西方的司法独立也只是

法律审理审判权的独立,它同样维护的是自己的主流价值观。何况,一些国家中最高法院的大法官是由总统来提名任命的,总统个人都是有党派之分、观念区别的。虽说法官要采取中立的立场,但法官本身是有不同党派倾向的,在一些问题上难以超脱党派之争,前面提到的小布什和戈尔竞选总统的胜负之争就是例证。在我国,人民法院和人民检察院独立行使法律所赋予的审判权和监督权,但这种法律的审判权和监督权不能超越宪法所授予的权力,必须维护宪法所规定的社会政治制度和价值观。当然,法院的法律审判权不能受到来自行政部门和行政领导的干预,要保持法院审判的独立性,这个独立性就是按照法律的程序、规定和精神来审理案件,以法律规定为准绳,以实际证据为依据,公开进行审理判决。确实,现实中总会有徇私枉法的法官,也会有试图以手中握有的公权力来干涉司法部门进行公平审判的官员,这样的人虽是少数,但严重干扰了我国司法建设的进行,损害了司法机关主持社会公正的形象,这样的做法实质上也是一种违法的行为。

刚才我们谈了这么多,就是让人们意识到:建设法治国家是一个系统工程,需要政府、相关部门、社会团体、社会组织和民众共同努力,需要立法、执法、司法、守法、监督等各环节秉持法律精神的追求;建设法治国家也是需要一定的时间和过程的,因其间涉及人们思想深处的观念和内心的追求、行动的执著,就像俗话所说的"罗马不是一天建成的"一样,作为社会理想的法治国家也不是能够在短时间内完全实现的,需要人们持续不断地努力。另一方面,看一国的法治发展状况,需要从整体上去进行把握。客观地讲,从法律法规的制定、法律体系的基本建成,到执法队伍执法水平和执法人员法律意识的提高,到民众法律意识和守法意识的提高、监督意识的觉醒,我国的法治建设已经取得了长足的进展。就中国特色社会主义法律体系已经形成而言,我国在改革开放后的30多年的时间里,完成了发达国家用几百年时间才能做成的事情,这是相当了不起的成就。从法律意识的提高来看,政府和民众也在逐渐摆脱长期以来"人治"的影响。你不觉得,就连人们对现实法治进程的不满、对法治的强烈呼吁、在网络上对具体案件进行讨论,也在一定程度上反映了人们整体法律意识的增强吗?这些都表明了,我们的法治建设成绩可嘉。由此可见,我们不能只看到现实存在的不足。如果我们将目光只聚焦在丑恶、不足上,我们的内心就只有失望、气愤、焦虑,而对美好的未来缺乏信心。理性的态度应是:看成绩,让我们对未来充满信心;看存在的问题和不足,让我们清楚未来需要努力的方向。另外,越是面对如此复杂的现实,才越能考验我们对法律信仰的坚定性、对建设法治国家的坚定性。从某种意义说,我们对法治的渴望,更是因为现实存在着不足。

坚定法律信仰,不但要了解法治建设的复杂性和长期性,更要看到法律中既包含着人类对人生终极意义和价值目标的共同关切和追求,也寄托了人类追求真理、公正、平等、公平、客观、一致等崇高信念的梦想和情感。美国法学家伯尔曼曾经写过一本《法律与宗教》的书,他认为,法律与宗教具有共同的要素:仪式、传统、权威和普遍性。这是指象征法律客观性的形式程序、标志法律延续性的语言和习俗、对看来至善至真的成文法或口头法的绝对服从。法律包含的概念与洞见具有普遍性，体现了与绝对真理的联系。这告诉我们，法律作为被信仰的对象具有物化和精神追求上的双重神圣性。他再三强调，法律如果不包含信仰就退化为僵死的教条，法律不被信仰将形同虚设。这都在告诉人们，法律中包含的人类所追求的公平正义平等的价值赋予了其生机和活力，使人们愿意去服从它、捍卫它，甚至愿意为它献身。破坏法治的各类人和行为，都没有遵从法律的精神，也没有体现法律的价值追求，是对法律的亵渎，不能让其成为人们追求法治精神、坚定法律信仰的阻碍！

　　说到底，法律信仰就是人们对法律所追求的公平正义价值的坚定不移的确信，对法治建设不断进步、完善的确信！让我们坚定对法律的信仰，为建设法治国家贡献我们的力量，并共同见证建设法治国家的美好社会理想变成现实吧！

　　祝好！

陈锡敏

2012 年 6 月

26.
与入党积极分子谈信仰

◆ 加入共产党与信仰皈依有关吗？

◆ 是否应公开表明自己的政治信仰？

◆ 作为一个信仰共产主义的人，应该怎样做？

亲爱的同学：

　　你好！

　　谢谢你来听我关于信仰的讲座，并在课后跟我继续探讨。我作为一名思想道德修养和法律基础课老师，作为一个从事信仰研究的学者，也作为一个有 26 年党龄的党员，确实也有些话要跟像你这样的同学们说。而且，我很乐意跟你们入党积极分子一起谈论信仰问题，因为我们有着共同的信仰追求，可以敞开心扉，深入交谈。

　　以我之见，所谓入党积极分子，虽然还不是正式党员，但已经是有明确而强烈的加入共产党意向，并初步确立马克思主义世界观和共产主义信仰的人了。尽管你还要经受组织的考察和考验，合格后才能跨入党组织的大门，但你毕竟已经站在门口，是即将进门的人了。这个门，是组织之门，更是信仰之门。不言而喻，这将是人生的重大关节点。不论你是否意识到这一点，这确实是人生中极为关键的一步。在真正迈出这一步之前，应该好好地对自己初步拥有或即将秉持的信仰做一个认真的掂量和思考。

　　什么是共产党？中国共产党的宗旨是什么？想必你们在党课中早已经学习过，而且也都能有正确的回答了。我在这里不多谈这些。我只是想提出一个问题：党是否具有信仰属性，它对自己的成员是否有信仰上的要求？列宁说过，党具有两个方面的含义：它一方面是一个组织系统，另一方面又是一个信念系统。这就清楚地表明,党是一个有信念或信仰的组织。在这里,党作为组织系统的一面和作为信念系统的一面,是不能分离、缺一不可的。尤其是,作为一个党员或即将入党的人,不能没有内心的信念或信仰。履行组织手续,是外在的,看得见摸得着的,而确立内心信念或信仰则是内在的,一时不容易从外面看得出来的。所以,我们应该特别强调的是这个内在的方面。

当然,组织系统和信念系统也可能会脱节。这有两种情况:一是有信仰的人没有办组织手续,没有加入党组织。这样的情况在历史上是有的,这就是以前我们曾说过的"党外布尔什维克"或"党外共产主义者"。比如鲁迅,就可以说是这样的人。之所以没有入党,是由于外在的原因。以前也有过一些靠拢党组织、相信共产主义并希望入党的人,但党组织从党的事业来考虑,决定让他们留在党外,因为他们以党外人士的身份可以为党的事业作出更大贡献。如果他们确实是这样做的,那么尽管没有履行组织手续,从这样的意义上不算是正式的中共党员,但他们仍然可以是真正的共产主义者,是真正意义上的共产党人。另一种情况,是有些在组织上入了党的人,其实并没有真正具有马克思主义和共产主义的信仰。他们只是名义上的共产党员,事实上并不符合党员的要求。这样的人我们也见到过。

据我观察,许多入党或即将入党的人,并没有认识到或更确切地说并没有真正体会到入党是一个关乎信仰的事情,是人生中的一件大事。对他们来说,入党不过是多了一个身份,就像在现代社会中人往往具有多种身份一样,似乎并没有什么稀奇,也不给人以精神上的震撼,是平平淡淡的一种生活内容。其实,入党应该是一种震动心灵的精神事件。入党是接受一系列信念。也就是说,入党并不仅仅是履行一种组织手续,加入一个政治组织,具有一种社会身份,而是归依一种信仰,是服膺一种世界观,并据此建构一个新的精神世界。因而它是一个信仰事件、心灵事件。

如你所说,有些同学之所以想入党,也并不完全是因为真有信仰,而更多或更直接地是出于别的考虑,特别是出于世俗的功利动机。比如,便于找工作,特别是一些党政机构的工作。还有的觉得加入执政党总是有好处的,等等。有些这样的想法,当然是并不符合党的性质和宗旨,但是考虑到现代社会生活中的情况,以及人们的思想状况,也许并不值得大惊小怪。一方面,党是工人阶级的先锋队,是一个由我们民族的优秀分子组织的精英团体,他们从总体上说,确实是我们社会中非常优秀的一群。想加入一个这样的群体,尽管对党的性质和宗旨、对党的思想信仰层面的要求了解不够,但有这样的愿望,也是一个人追求上进和进步的表现。另一方面,党是执政党,掌握着国家政权和丰富的社会资源,加入这样的组织有利于一个人进入社会上层,进入管理阶层,这也是一个切实的利益。

如果有些同学有这样的想法,特别是受到家庭的影响,对入党有些功利的想法,那我也不想过多地责备这些同学。但是,我希望他们只是把这些想法当做接近党、了解党和靠拢党的最初动机,并且并不停留于这样的动机,而是在靠近党和接受党的教育的过程中,不断增进对党的认识,增进对党的理念和事业的认同,逐步确立起社会主义和共产主义的理想信念。从理论上讲，从比较纯粹的意义上讲，当然只应该吸收真正有信仰的人入党，但党不是存在于真空中，而是存在于多样而复杂的社会生活中，并从复杂的社会成员中吸收自己的成员。因此，谁也不能保证，每一个入党的人，都是具有坚定信仰的。事实上，由于现代生活的特点，特别是现代世俗生活对人精神信仰的销蚀作用，没有人天生具有信仰，或很轻易地确立起坚定的信仰。更现实地考虑问题，就应该看到：党是一个大熔炉，也是一个大学校，加入这个党的人，或许并不都是已经有了很坚定的理想信念的吧，但是只要他们有着这样的强烈愿望和相应的信念基础，在党的教育和影响下，就能够在理想信念上不断地进步，真正达到党员的要求。

这也正是为什么有社会主义理想信念的人应该加入党组织的原因所在。一个有正确信念和追求的人，一个相信社会主义事业的正义性的人，即使不加入党组织，也可以照自己的信念行事，追求自己的理想，服务于社会的发展。但是，人也都是受环境影响的，特别是都有人性的弱点，都需要有外在的约束和管教，也都需要有继续学习和进步的良好团队环境。从这些方面考虑，一个这样的人还是应该加入到组织中，为自己找到一个组织上的归宿、一个良好影响的团队环境、一套组织纪律的约束。这就便于一个人的进步和发展。当然，党内也有坏现象，也有一些打着党的旗号干坏事的人，他们实际上是党的叛徒和耻辱。加入了党组织，不等于进入了一个纯净而美好的理想国，因而还是要加强党性修养，严格要求自己，同坏人坏事作斗争。

作为一个入党积极分子，一个党员，从今往后就是一个有信仰的人了。当别人问起来的时候，可以堂堂正正、大大方方地说出自己的信仰。有些党员和入党积极分子，在社会上往往并不敢于公开表明自己的信仰。这可能有不同的情况。一种情况是并没有内心的信仰，所以他心虚，不敢表白自己是有信仰的。另一种情况是，内心虽有信仰，但因为某些原因而不愿公开表白。或者是不好意思，觉得社会上的人很多都不相信共产主义，而且也不相信真有人会信仰共产主义，所以怕一旦公开说自己"信仰共产主义"，会很雷人，惊世骇俗，在别人眼中成了怪物。其实，现代社会中，人们的信仰是多元化的。人家信佛的，公开说信佛，而且引为自豪；信上帝，信基督的，也在我们社会中公开表白，并没有觉得不好意思。那我们作为社会主义国家的共产主义者和共产党人，为什么不能大胆说出自己的信仰呢？不敢做出公开的信仰表白，这是一种胆怯的表现，也可以说是信仰不够坚定和坚强的表现。

此外，可能还有一种情况，就是有些入党积极分子和共产党员，并没有真正从信仰的角度考虑过自己入党的事，尽管他内心里也可能有自发性的或一定程度的理想信念，但由于缺乏明确的信仰意识，缺乏对自身信仰状况的反思和确认，因而当有人问他"你信仰什么"的时候，他还是拿不定主意要不要说"我信仰共产主义"。现代中国社会中有很多很多人，都说不清自己的信仰意向，处于一种模糊状态。这是一种信仰不自觉的状态。

你说："我愿意相信共产主义，而且我也真的相信共产主义，但我应该怎样做呢？我要履行什么样的信仰义务呢？在行为上怎样才能做得与从前的我不一样呢？"

这个问题问得好。我在给同学们讲课的时候也多次感到一些同学有这方面的困惑。他们说：人家信佛信上帝的知道自己应该干什么，比如读经、做善事，还有宗教仪式和活动，生活挺丰富的，那我们相信共产主义的人该做些什么呢？作为一个有共产主义信仰的人，应该有怎样的精神状态和行为取向呢？

确实，我们自己的信仰体系似乎还不够完备，里面缺少一些东西。因为我们过去不大考虑信仰的事，说到马克思主义时只说"马克思主义是科学"，说到共产主义时，也只是说"要追求共产主义远大理想"，一些信仰层面的事语焉不详，问书记，也说不知道。我在这里，根据自己的理解，提出几点希望供同学们参考：

第一，作为一个共产主义者，当然也要"读经"。这个"经"不是宗教的"圣经"，而是马克思主义的经典。读马克思主义的经典可以有两重意义，一是研究的意义，二是信仰的意义。从信仰的角度来看"读经"，就是通过读经典来加深对马克思主义真理性的认识，从中吸取价值观的营养，坚定自己的立场和信念，也在感情上得到满足和体验。一个相信马克思主义的人，在读马克思主义的经典时，内心会感到非常愉悦，是一种很大的情感满足。过去我们忽视了这一点，只是强调理性学习的一面（这当然是非常重要的），而忽视了信仰者读经典的需要。当然，马克思主义的经典浩如烟海，恐怕比佛经还要多。一个普通的信仰者，不可能也没有必要通读这些论著。因而应该有重点地选取一些著作来读，比如马克思恩格斯的《共产党宣言》《共产主义原理》、列宁的《伟大的创举》《青年团的任务》，以及中国共产党人的《为人民服务》(毛泽东)、《论共产党员的修养》(刘少奇)等。我本人甚至有一个想法：编一本《共产主义信经》或《共产主义"圣经"》，以满足人们信仰上的需要。这当然很难，但一定意义上还是需要的。

第二，作为一个共产主义者，应该提高自己的道德水平，以社会主义和共产主义道德要求自己。有些人认为，共产党人只有政治上的要求，没有道德上的要求，似乎只要他跟党走，只要他相信或声称相信共产主义一定会实现，那么即使他在做人方面、在个人道德方面无论怎样自私和有"硬伤"，都仍然可以算作是共产主义者和共产党人。这是大错特错的。现在有些共产党员在个人生活中不知该怎样做，就是没有充分注意到个人道德生活的信仰意义，没有把共产主义信仰的道德要求付诸自己的生活实践。我们从报刊报道中看到，有些来自外国比如美国的共产党人，现在生活在中国。他们是怎样生活的呢？是怎样体现自己的共产主义信仰的呢？他们没有政治口号，也没有参与多少政治生活，但他们在道德方面，在做好事方面，做得非常充足，真正是全心全意为中国人民服务的，这不正好就是共产主义信仰的要求吗？为人民服务当然不只是道德要求，但它一定要落实在每一个共产党人的生活中，体现在道德上。我现在有时在外面讲课，有一个题目就是"为人民服务是一种信仰"。我是想告诉共产主义的信仰者，让他们从为人民服务着手，从道德生活着手，实现和体现自己的信仰。

第三，作为一个共产主义者，要放开眼界，敞开胸怀，不仅关注自己的琐事，更关心社会和世界的大事，成为一个站得高、看得远,对社会发展有使命感的人。这当然就要说到政治。政治是社会公共生活领域的事,它超出了个人生活的范围,而进入到社会的一个更大的空间。一个人,只是把自己的注意力和能力放在个人的小圈子里,它的生命能量和范围是很有限的。要关注社会,关心政治,而关心政治在一定意义上就是关心社会。政治是经济的集中体现,也是社会公共利益和关系的集中体现。我们固然不是每个人都对政治感兴趣或想从事政治方面的活动,但是即使一个不想搞政治的人,也要关心社会,关心全人类。共产党是一个以天下为己任的党,是要领导人民群众改天换地的党。这样的党,在世界历史上是少见和极为少见的。与西方国家的一些政党相比,共产党在使命感和方向性方面,在理论系统性和世界观完整性方面,在理想信念的坚定和博大的要求方面,以及在身体力行和实践至上等等方面,都是独一无二的,可以说是政党史上的一个奇迹。身为这样的一个政党的一员,虽然不是"特殊材料制成的人",但也不要把自己当做一个胸无大志的庸人。

当然,要求还可以很多。比如,要积极过组织生活,与其他党员做深度的精神沟通,乐于助人,当然还要把学习搞好等等。顺便说一下,"过组织生活"是以前的一种说法,指的是党组织内部开会,讨论社会问题,讨论思想理论问题以及涉及党员个人工作、生活作风的问题,学习、讨论党的理论、路线、方针和政策等,这实际上是组织内部的一种深度的思想交流和沟通,大家不仅共享思想理论,而且共享思想感情的体验。说得准确一些,所谓"组织生活",其实是组织内的信仰生活。现在,这种生活是日渐淡化了,组织生活几乎名存实亡。这不能不是共产主义信仰的一大损失。你我等有信仰之志者,责任还大着呢。

祝你有更大的进步。

刘建军

2011 年 1 月

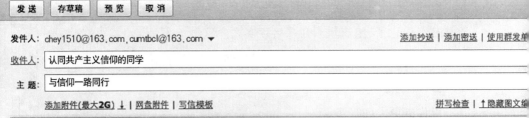

发送　存草稿　预览　取消

发件人：chey1510@163.com, cumtbcl@163.com ▼　　　　添加抄送 | 添加密送 | 使用群发单

收件人：认同共产主义信仰的同学

主 题：与信仰一路同行

添加附件(最大2G) ↓ | 网盘附件 | 写信模板　　　　　　　拼写检查 | ↑隐藏图文编

字体 ▼　字号 ▼　 ⿕ ⿔ ⿕ ⿕　∞ 🖼 🖼 ☺

B I U A A 一 囲 4 ⿳ ⿴ 签名 ▼ ⟨⟩

27.

与信仰一路同行

◆ 为什么说信仰的实践很重要？

◆ 英雄模范给了我们什么启示？

◆ 在人生路途中如何坚守信仰？

亲爱的同学：

　　你好！

　　前两天再次收到你的来信，读到你对共产主义信仰的理解，并且将其奉为自己一生追求的崇高信仰，我十分欣慰。学生在思想上一点一滴的进步都是老师最高兴见到的，也是最让一个从事思想政治教育的老师感到欣慰的。我们知道，信仰是人类对崇高价值目标的敬仰和追求，信仰的坚定性决定着实践的坚定性。一旦信仰确立，就会决定你人生的明确航向和前进轨迹，你就要在现实生活中去实践你的信仰，信仰的实践将是你今后人生中的重要内容。

　　信仰离不开实践。事实上，信仰本质上就是实践的。信仰来自于实践。唯物主义认为，一切精神的东西都是对物质世界的反映，都可以在客观物质世界找到源头。信仰作为人类精神世界的核心，毫无疑问是在客观实践中形成的，并且在人类的社会实践中确立起来。信仰在实践中确立，还要在实践中实现，信仰是一种超越物质的精神力量，必须通过人的实践行为体现出来，才能真正地对个人、对社会、对国家和民族产生重大作用。如果信仰脱离了实践，就会失去对人生的指导意义，失去信仰所存在的应有价值，成为虚无缥缈的空中楼阁。信仰在实践中产生，又指导实践，还要在实践中得到检验。实践是检验真理的唯一标准，被实践证明了其正确性的信仰会在人的思想和精神上得到进一步的确认，使人们更加坚定地不懈追求、为之奋斗,而被实践证明是错误的信仰则会被人们所摒弃。信仰作为一种崇高的认识和坚定的信念,正如毛泽东在《实践论》中所说的那样:"认识从实践始,经过实践得到了理论的认识,还需再回到实践去。"实际上,信仰与实践的关系就是知与行、认识与实践的关系,是具体的、历史的辩证统一关系。在人类社会里,没有脱离实践而单独存在的所谓信仰,也没有完全脱离信仰的盲目实践,信仰和实践从始至终都是紧密相连在一起的。从某种意义上看,一个人确立信仰并且苦苦追求、矢志不渝,不断在实践中坚定其信仰的过程,也可以被看做是一种精神实践。

在现实中,信仰的实践是一个既美好又艰辛的过程,为自己的崇高信仰而不断奋斗,反映了一种积极健康的人生态度,这种奋斗和追求本身就是一种真正的快乐。但是,你想收获成功的硕果,就必须付出无数的汗水和心血。因此,胸怀崇高信仰的同学在实践信仰的时候,要做好充分的思想准备,既要坚定必胜的信念,又要鼓起面对挫折的勇气,还要磨砺出克服一切困难的坚强意志。在战争年代,无数革命先烈的英雄事迹是同学们实践信仰的光辉典范;在和平年代,我们仍然能在现实中找到许多非常鲜活的、令人感动的实例。

冯艾,一个外表柔弱的女大学生,2000年8月从复旦大学本科毕业后,毅然报名参加了"中国青年志愿者扶贫接力计划"活动,去宁夏西吉县支教。西吉是全国闻名的国家级贫困县,人烟稀少,交通不便,气候恶劣,冯艾所在学校的教学和生活条件非常简陋。但是,她没有被这样的艰苦环境吓跑,环境不好就适应环境,没有条件就创造条件,遇到困难就克服困难,她为当地上学困难的孩子付出了自己的一腔热情和无数汗水。冯艾积极响应党和国家的号召,远离繁华的大都市,三度参与中国青年志愿者大型项目,边陲山区、遥远海外、救灾前线,处处都留下了她柔弱又坚强的身影,很多人都难以想象在她娇小的身躯里蕴藏着这样巨大的力量。一个共产党员的崇高信仰和"志愿服务,人人能为,人人可为"的志愿者信念支持着她,使她在志愿服务的道路上不懈追求和艰苦磨炼,使她更加成熟和坚定。冯艾对身边的朋友说:有一种生活,你没有经历过就不知道其中的艰辛;有一种艰辛,你没有体会过就不知道其中的快乐;有一种快乐,你没有拥有过就不知道其中的纯粹。冯艾在信仰的实践过程中收获了生活的艰辛和快乐,收获了人生的真谛,希望同学们在冯艾的实践中也能收获自己的信仰和快乐。

信仰是崇高的,理想是远大的,人们在确立信仰和追求理想的过程中,难免会感受到实践信仰的困难和理想与现实间的矛盾。大学生初出家门,涉世未深,之前一帆风顺的同学们往往年少气盛,自我实现欲望强烈,乐于把世间一切想得简单而美好。但是,现实生活不可能一切尽如人意。一般地说,一个人的信仰越崇高,追求的理想越高远,实现的时间就越长,遇到的困难和挫折就越大。挫折和困难是生活中避不开的障碍,也是人生的必修课和教科书,缺乏实践经验的同学们在人生过程中碰到一些困难是正常的,在现实社会中遇到一些问题也是正常的,由此而产生一些苦恼也是可以理解的。面对挫折和困难,关键不在于你有多么苦恼,而在于你如何去对待它。对待挫折和困难的态度,最能彰显一个人的境界与修养。

唯物辩证法教给我们认识世界、改造世界的科学方法,告诉我们世界上的一切事物都是普遍联系、不断发展的,政治、经济、文化等各方面错综复杂的因素综合在一起,构成了我们的现实社会环境。人们生活的现实环境受到多重因素的制约,大学生追求信仰、实现理想的现实环境也是如此,主观的、客观的、历史的、现实的、宏观的、微观的各方面因素都会对信仰的实践产生影响。因此,面对信仰实践中的重重困难,应该客观理智、心态平和,具体问题具体分析,层层深入、抽丝剥茧,而不是单纯抱怨,把问题简单化、一刀切。有的人面对问题不能进行理性的思考,要么肯定一切,要么否定一切,一旦遇到困难,就灰心丧气,满腹牢骚,怨天尤人,甚至陷入信仰危机,从此一蹶不振;有的人却在逆境中保持清醒的头脑,坚定信仰,知难而进,迎难而上,克服困难,百折不挠,成为生活的强者。在历史上,在现实中,无数共产党人就是这样的强者、这样的英雄。

1929 年底,国民党正紧锣密鼓地准备对红军进行闽粤赣三省的"围剿",各路敌军呈合围之势咄咄逼人扑面而来,当时的红军与国民党军队相比,力量十分弱小,革命事业处于前所未有的危难之中。面对巨大的困难和挫折,很多人对革命前途产生了怀疑,林彪在给毛泽东写的新年贺卡中,寥寥数语就流露出一种强烈的悲观情绪。林彪的悲观情绪,其实反映了当时军队中存在的普遍思想,这种对革命前途与命运产生的悲观和怀疑,势必影响革命大业。但是,就是在这种战争一触即发的危急局势下，毛泽东对共产主义信仰、对革命的前途与未来却始终不曾动摇、不曾怀疑，他以马克思主义的辩证唯物主义和历史唯物主义理论为指导，综合考虑当时中国革命各方面的制约因素，冷静分析革命的局势和走向，探寻中国革命的出路。针对林彪贺卡上表露的思想情绪，毛泽东洋洋洒洒地写下了一篇七千多字的回函，这就是著名的《星星之火，可以燎原》。这篇文章为中国革命夺取胜利指明了前进的道路与方向——实行工农武装割据，走农村包围城市之路，坚定了全党的共产主义信念，极大地鼓舞了全军战士的斗志。毛泽东握准了时代的脉搏和革命的趋势，他的科学预见很快变成现实，革命的浪潮席卷全国，星星之火燃遍神州，党和人民最终取得了彻底的胜利。

一次次的挫折可能使人变得消沉、颓废，也可能使人变得坚毅、顽强，而成功的人都是在一次次的挫折中不断成长，逐步走向辉煌的。我想，同学们应该辩证地看待挫折和困难中的得与失，考场上的失误、生活上的失意、感情上的失恋，包含着危机的同时也包含着希望。人们在遭受挫折时，常常被暂时的困难和苦恼蒙蔽双眼，而忽视了在不远处等待你的希望。"山重水复疑无路，柳暗花明又一村"，遇到挫折，沉着冷静，理性思考，勇敢面对，持之以恒，也许希望就在转角处。

你来信说非常崇拜战争时期的英雄人物，遗憾生在和平年代的年轻人无法像他们那样为了崇高的共产主义信仰轰轰烈烈，浴血沙场。我想说，不同的历史时期有不同的历史任务，只要你胸怀共产主义信仰，并且愿意为之奋斗终生，就一定有你施展才华、绽放青春的舞台。

到延安去、到解放区去，支援边疆、志愿服务……革命、建设和改革年代，一代代青年都聚集在共产主义信仰的旗帜下义无反顾地扎根基层，脚踏实地，艰苦奋斗。

1995 年，为解决"三农"问题，江苏省率先开始招聘大学生担任农村基层干部，从此大学生村官队伍从无到有、不断壮大，重庆女孩罗瑞雪就是这个队伍中的普通一员。罗瑞雪是个地道的城市女孩，2007 年本科毕业后，她却选择去武隆大山深处当村官，用一个大学毕业生稚嫩的肩膀，扛起贫穷和孤独，扛起复兴村的希望，也扛起"80 后"的信仰与追求。六年后，大山的路通了，产业发展起来了，当地的农民也富裕了，曾经的贫困村走上了真正的复兴之路，罗瑞雪也因此被评为全国扶贫开发典型人物，在追求信仰的道路上越走越远。2008 年，首届"中国十佳大学生村官"倡议当代大学生把青春奉献给广袤田野："到农村放飞梦想，靠奋斗实现价值。把人民当做根本，以奉献锤炼品格。"目前，农村已迎来 20 多万名大学生"村官"，新世纪的年轻人在共产主义信仰的旗帜下，在社会主义核心价值体系的引导下，在以爱国主义为核心的民族精神和改革创新为核心的时代精神的感召下，毅然奔赴农村的广阔天地，在基层不断发挥自己的光和热，为祖国贡献自己的力量。

梁启超在《少年中国说》中，曾由衷地赞叹："美哉我少年中国，与天不老；壮哉我中国少年，与国无疆。"大学生，是一群热血沸腾的青年，有一腔热血奉献祖国的激情，也有对真善美的执著追求。在中国的历史和现实中，一代代的青年学子为了心中最崇高的信仰前赴后继、顽强拼搏、奋斗不息，为祖国、为人民、为社会作出了不可

磨灭的贡献。亲爱的同学,作为一名新世纪的大学生,你正站在时代的风口浪尖,生活在社会发展和民族复兴的关键历史时刻,你应该从现在做起,把信仰和实践紧密联系起来,和当前的学习工作结合起来,用崇高的共产主义信仰指导你的学习和工作。在信仰的实践过程中,一方面要发挥年轻人的优势,凭借自身旺盛的精力和火热的激情,大胆实践,勇于创新,顽强拼搏;另一方面,又要注意避免年轻人容易出现的好高骛远和志大才疏的毛病,不要空谈信仰和理想,要脚踏实地,循序渐进,尊重规律,顺势而为。

千里之行,始于足下。亲爱的同学,信仰已经树立,人生即将起航,人生的道路虽然漫长,但紧要处常常只有几步,这紧要的几步,来不得半点浮躁与马虎。中国当代大学生站在前所未有的历史高度,拥有着前所未有的优越条件,只有把自己有限的生命投入到对共产主义信仰的无限追求中去,坚持科学信仰,自觉艰苦奋斗,创造优异业绩,才能不负党的培养和人民的嘱托,不负自己宝贵的青春,在千磨万击中历练人生,在时代潮流中担当重任。愿年轻的你青春无悔,在人生的征途上披荆斩棘,一路与信仰同行!

祝学习进步,前程似锦!

陈勇　陈蕾

2012 年 6 月

作者团队

Liu Jianjun

刘建军

　　刘建军，山东博兴人。1963年农历九月生，1980~1984年在山东大学哲学系学习，获得哲学学士学位；1984年考入中国人民大学哲学系，师从乐燕平教授攻读马克思主义哲学史专业研究生，1987年获得哲学硕士学位；1987年毕业留校在中国人民大学马克思主义学院任教。从1992年开始，师从许征帆教授在职攻读马克思主义原理专业，1995年获得法学博士学位。

　　现为中国人民大学马克思主义学院教授、博士生导师。系中央实施马克思主义理论研究和建设工程课题组首席专家、全国宣传文化系统"四个一批"人才入选者、教育部新世纪优秀人才支持计划入选者，享受国务院特殊津贴。主要从事马克思主义理论、思想政治教育的教学与研究。发表个人著作4部，译作1部，合著60余部，论文160多篇。主要著作有：《马克思传》《文明与意识形态》《追问信仰》《马克思主义信仰论》《信仰的呼唤：社会主义市场经济条件下信仰问题研究》《中国共产党思想政治教育的理论与实践》《爱国主义教程》《思想理论教育原理新探》等。

　　时光飞逝，日月如梭。弹指间已年近半百。回首前尘，并无遗憾。面向未来，仍有追求。从学术追求上说，我希望以后能完成一部较大篇幅的《信仰论》，把人类的信仰现象说得明白一些；从信仰追求上说，我希望能把关于共产主义信仰的理论体系建构起来，让人们看一看这个信仰体系的面貌。这两项都有赖于读书和研究。是的，我是个爱书之人，我的格言是："好书都看不完，别的事情又算什么呢！"

　　我的电子信箱：liujj@ruc.edu.cn

Chen Yong

陈 勇

　　陈勇,男,重庆市巴南区人,教授。1982年8月以来,先后在中国矿业大学、中国矿业大学(北京)、北京政法管理干部学院、北京政法职业学院从事教学、科研和管理工作,历任教研室主任、党委宣传部副部长、社会科学系主任、党委宣传部部长、副院长、党委副书记等职;1997年、2007年开始分别担任硕士生导师和博士生导师。现为教育部全国普通高等学校思想政治理论课教学指导委员会委员、中央实施的马克思主义理论研究和建设工程课题组主要成员、中国人生科学学会副会长等。从1992年开始享受国务院颁发的政府特殊津贴。

　　在高校从事哲学、伦理学和思想政治教育的教学和研究工作已30余年。出版个人专著1部,合著和主编专著、教材60余部,发表论文160余篇,其中20多篇论文被中国人民大学复印报刊资料全文复印。主持和参加过20多项国家级和省部级课题的研究工作。获得过国家级优秀教学成果二等奖、省级优秀教学成果一等奖、省级哲学社会科学优秀成果三等奖、全国高等学校思想政治教育科研成果优秀教材二等奖等。曾被评为首届全国普通高校百名马克思主义理论课和思想品德课优秀教师之一、煤炭系统专业技术拔尖人才等。

　　培根说,知识就是力量。康德说,德性就是力量。我认为,两者结合力量最大。一个有知识、有德性的人应当是有信仰的人。在追求并践行科学信仰的人生道路上,我愿与青年朋友们一道永不停顿地进取、永无止境地探索。

　　我的电子信箱:chcy1510@163.com

Wang Xuejian

王学俭

　　王学俭,教授,现任兰州大学马克思主义学院和政治与行政学院院长,兰州大学政治学和马克思主义理论学科分学术委员会主任委员,博士生导师,获甘肃省教学名师奖、宝钢优秀教师奖、首届"全国高校思想政治理论课教学能手"称号,入选甘肃省第一层次学科领军人才,享受国务院政府特殊津贴专家。

　　负责兰州大学马克思主义理论一级学科博士点和思想政治教育二级学科博士点。在人民出版社出版《现代思想政治教育前沿问题研究》《生态文明与公民意识》《新媒体与高校思想政治教育》《西北地区农村基层组织建设研究》等学术专著8部,在《光明日报》《马克思主义研究》《马克思主义与现实》《高校理论战线》等权威核心期刊公开发表论文80余篇,主持国家社科基金重点项目1项,承担完成国家级课题1项,主持完成教育部课题5项。

　　作为恢复高考后的第一批大学生,毕业三十多年在长期教学工作中,善于因材施教,注重培养学生综合素质,指导已毕业博士和硕士研究生四十余名。积极投身社会实践,提供理论宣讲和政策咨询服务,得到了社会各界的好评,也是学生的良师益友。

　　我的电子信箱:wangxj@lzu.edu.cn

Yu Yuhua

余玉花

余玉花，女，1953年9月生，浙江省余姚市人。1982年华东师范大学毕业留校任教，哲学硕士。现为华东师范大学教授、博士生导师，华东师范大学精神文明研究中心主任、华东师范大学公民发展与现代德育研究中心主任、华东师范大学妇女委员会主任。社会兼职：全国伦理学会理事，全国高校思政研究会学术委员会委员，上海伦理学会副会长，上海美学学会理事。

独立或主持的科研项目有：国家哲学社会科学基金重大课题、国家哲学社会科学基金重点课题、教育部人文社会科学"十五"中长期课题、上海市政府重点课题各1项；上海市哲学社会科学项目6项；教育部委托课题、上海市教委课题及其他横向课题20余项。独著与合作著作5部，主编和参编著作十余部。在学术刊物和报刊发表论文百余篇，其中关于信仰研究方面的主要有：《大学生宗教信仰问题调研报告》《如何看待佛学对瞿秋白思想的影响》《信仰与大学生的精神发展——兼论大学生信仰教育》《偶像应具有的内质》《论考文化的现代价值》《社会转型期理想信念教育的研究》等。

我的电子信箱：yyhecnu@163.com

Zuo Peng

左　鹏

左鹏,1971年生于河南南阳,1989年考入北京科技大学思想政治教育专业,先后获得法学学士、硕士学位。1997年考入清华大学马克思主义理论与思想政治教育专业,获得法学博士学位。1996年至今在北京科技大学文法学院、马克思主义学院任教,2008年晋升教授,2010年增列为博士生导师。

长期从事大学生思想政治教育研究,主要运用社会学方法对大学生中的一些热点、难点问题进行调查分析。自2001年承担北京市哲学社会科学规划项目"宗教信仰与社会发展"起,开始涉足当代宗教问题研究。此后,陆续承担过教育部、共青团中央、北京市委教育工委相关课题的调查研究。

代表性论文有:《象牙塔中的基督徒——北京市大学生基督教信仰状况调查》《当代大学生宗教信仰问题解析》《大学生信教的原因、影响及对策分析》《思想政治理论课中教育引导大学生正确认识和对待宗教问题探析》《基于互联网的基督教传播——以大学生为对象》等。

曾获北京科技大学"我爱我师——我心目中最优秀的老师"金质奖章、宝钢教育基金优秀教师奖、北京市教育教学成果奖、国家级教学成果奖。2003年至今,连续三届当选北京市海淀区人民代表大会代表。

个人生活感悟:人活着总是要有点精神的。

信仰格言:居庙堂之高则忧其民,处江湖之远则忧其君。是进亦忧,退亦忧。

我的电子信箱:zp2233@263.net

Qin Weihong

秦维红

秦维红,哲学博士,北京大学马克思主义学院副教授,硕士生导师。合著、参编著作十余部,主要有:《思想道德修养与法律基础案例及分析》《人学原理》《社会主义荣辱观理论教程》《当代大学生思想道德教育的理论与方法》等。曾在《北京大学学报》《南京社会科学》等期刊发表论文30余篇,有的论文还被《新华文摘》《中国社会科学文摘》和《人大复印资料》等转载和摘录。参与国家级重点项目"马克思主义工程"子课题《经典作家基本观点研究》、国家哲学社会科学基金重大课题《社会主义和谐社会构建中的意识形态问题研究》等;现主持教育部专项课题"比较视域下的大学生信仰研究"。曾获北京高校思想政治理论课优秀教学案例奖、北京大学教学优秀奖和优秀德育奖等。

本人自知材质愚钝,但今生有幸进入北大求学并留校任教,在"一塔湖图"的浸染熏陶和不懈耕耘中居然心智渐开,实在是倍感欣慰。我深切感受到大学教师是世上最好的职业,因为读书学习、与一批批优秀学子交流切磋,既是我的工作,也是我的生活。我很满足享受现在的工作和生活。经常给学生说的一句话就是"有付出就有收获",不要在意一时的得失,要为成就更优秀的自我不懈努力。这也是我的人生信条。正所谓"君子无入而不自得"。

我的电子信箱:qinwh@pku.edu.cn

Wang Yi

王　易

　　王易，哲学博士，中国人民大学马克思主义学院教授，思想政治教育专业博士生导师，中央马克思主义理论研究与建设工程高校思想政治理论课《思想道德修养与法律基础》教材编写组主要成员，教育部重点研究基地伦理学与道德建设研究中心研究员，北京市思想政治理论课"名师工作室"主持人，长期从事伦理学、思想政治教育、大学生德育的教学与科研工作。2012年被教育部列入首届"全国高校优秀中青年思想政治理论课教师择优资助计划"。主持承担国家社科基金青年项目"中国和平发展视角下的儒家国家关系伦理思想研究"，主持承担教育部人文社科基地重大项目"传统文化与中国文化软实力"研究，并作为主要成员参与多项国家部委和教育部重点研究基地研究项目。出版专著《先秦儒家国家关系伦理思想研究》《当代大学生价值观调查报告》《当代大学生热点问题调查报告》等，并在《人民日报》《教学与研究》《中国人民大学学报》《思想理论教育导刊》《伦理学研究》等核心刊物上发表论文50余篇。所获奖励主要有：教育部全国"两课""精彩一课"教学奖、北京市教育创新标兵、宝钢基金优秀教师奖、第九届霍英东教育基金青年教师奖、中国人民大学十大教学标兵、北京市优秀德育工作者等，是北京市优秀教学团队主要成员。

　　生活感悟：

　　有什么样的内心世界，就有什么样的外界眼光。

　　我的电子信箱：wineasy@126.com

Qiu Ji

邱 吉

中国人民大学马克思主义学院副教授,硕士生导师,法学博士。

国家职业道德专家委员会专家,人力资源和社会保障部国家职业资格认证考试中心特聘专家,长期从事大学生思想政治教育、职业精神和大学生职业生涯的研究和教学工作。

主持全国教育社科项目"青少年价值观调查模型研究"以及北京市市政"环卫行业职业道德素质研究"、"环卫行业人员任职资格及综合素质研究"、"城管队伍职业道德素质研究"、"北京市市民低碳价值观研究"、"城市公共管理基本思维研究"等项目的研究工作;负责教育部人文社科重点项目研究基地重大项目"代表先进文化的前进方向与和谐文化研究"子课题研究,参与"'三个代表'重要思想与思想政治工作创新"和教育部重大招标项目"坚持马克思主义在意识形态领域指导地位研究"等课题。

出版专著《道德内化论》等4部;编写《职业道德》《高职高专职业道德教程》等教材10余部;在《中国人民大学学报》等刊物上发表论文50余篇。有关信仰的作品有:《理想信念内化的理论与实践创新》《试论信仰及共产党人的信仰形成机制》《从重大突发事件看青少年思想品德升华的契机》《当前社会心态的考察分析与实践引导》《大学生政治价值观现状调查研究》等。

回首过去应该让今天更充实,追梦应该让心底纯净而空灵,把握当下才会有更好的回忆和更美的未来!

我的电子信箱:qiu-jier@263.net

Feng Xiujun

冯秀军

冯秀军,女,法学博士,中央财经大学马克思主义学院教授,博士生导师,副院长,大学生思想政治教育中心主任,马克思主义理论研究和建设工程重点教材《德育原理》教材编写课题组主要成员,北京市高校思想政治理论课"名师工作室"主持人。

主要从事民族精神与价值观教育、公民与道德教育、大学生思想政治教育等方面教学与研究。在《教育研究》《教学与研究》《北京大学学报》等期刊发表论文《中国公民教育观的发展脉络》《新时空境遇中的当代大学生理想信念教育》等40余篇,多篇论文被中国人民大学报刊复印资料《教育学》《思想政治教育》《中国哲学》等全文转载,出版《教化规约生成——古代中华民族精神化育研究》专著1部,主编《行走的课堂》3卷,合著、参著10余部,主持国家社科基金教育科学规划课题1项,省部级课题2项,校青年科研创新团队项目1项,参与国家哲学社会科学重大招标项目2项,省部级项目研究多项。曾获北京市高校思想政治理论课教学基本功比赛二等奖、北京市师德先进个人、中央财经大学"涌金优秀教学奖"、"诚心优秀学术奖"等。

作为一名高校思想道德修养与法律基础课教师,课堂是我与学生思想对话之所,课下的电子信件是我与学生精神相遇之场。感谢这门课程,给予我与学生共同的心灵成长。

我的信仰理解:须有反身而诚,才得倾听天籁;唯有找到自我,方能以定生慧。

我的电子信箱:rdfxj3@163.com

Liu Shuhong

刘树宏

刘树宏,女,河北遵化市人,法学博士,中央民族大学马克思主义学院教授,教研室主任,硕士生导师,兼任北京市高教学会思想道德修养与法律基础课学会副秘书长。曾先后在河北省沧州师范专科学校、河北师范大学、中央民族大学任教,主讲本科生"思想道德修养与法律基础"课,开设过"演讲与口才"、"大学生就业指导"等选修课程,长期从事思想政治教育的教学与研究工作。迄今为止,公开发表论文30余篇,参编、撰写学术著作、教材10多部,参与、主持省部级以上科研课题20多项,荣获各种奖励10多项。主要研究成果有《当代大学生信仰教育初探》《试析目前大学生的信仰特点》等。

我的生活感悟是:

假如你认真对待生活,生活也会认真对待你。

在当代社会,没有不好的专业,只有不思进取的人。

只要努力,什么时候都不晚。

我的信仰格言是:

信仰是关系一生的大事,应该三思而后行。

这个世界还是好人多!

我的电子信箱:mucliushuhong@126.com

Chen Ximin

陈锡敏

　　陈锡敏，河北沧县人。1989年毕业于河北大学哲学系，获哲学学士学位。1994年毕业于中国人民大学哲学系，获哲学硕士学位，现在职攻读博士学位。目前为中国人民大学马克思主义学院副教授，主要从事思想政治教育的教学与研究。已在核心期刊发表论文10余篇，参编教材两部，合著3部，出版专著《当代大学生社会化探析》。其中，《论大学生健全人格的塑造》一文获2008年度首都大学生思想政治教育优秀研究成果论文类二等奖、2009年"丹柯杯"优秀研究成果一等奖。

　　生活就是一个感悟的过程，也是一个靠信仰信念引导和支撑的历程。越是遇到误解、感到委屈、遭受挫折时，越能考验一个人对人性的光辉、清者自清等信念的坚守程度；越是看到社会存在不公平、坏人得逞时，越要坚信"邪不压正"、社会永远会朝好的方向发展，无人能够阻挡历史前进的车轮。巴尔扎克说过："没有了希望，一个人就不能维持他的信仰，保守他的精神，或保全他的内心纯洁。"

　　信仰永远与希望共存！

　　我的电子信箱：chenximin@ruc.edu.cn

Li Min

李　敏

李敏，1980年4月生，湖北荆州人。1998年，怀揣着对未来的美好憧憬，从中部小城走进海滨都市青岛，开启了人生的求学之旅，获得中国海洋大学经济学学士学位后，从青岛转往上海，求学于华东师范大学法政学院，获法学硕士学位，目前正在华东师范大学攻读博士学位。

2006年7月进入上海电力学院工作，担任"思想道德修养与法律基础"、"毛泽东思想与中国特色社会主义理论体系概论"、"中国文化概论"等课程的教学工作，讲课方式亲切自然、生动活泼，受到学生们的喜爱，评教中成绩优秀。2008年主持上海市德育决策咨询课题"传统'家'文化对青少年道德影响的思考与研究"，发表《"家"文化视角下的青少年道德教育》《从三个层面探讨德育的困境》《浅析大一新生的大学生身份认同感》《导师与朋友：辅导员双重角色的内涵与实践》等专业论文。

虽一直未离开过青青校园，人生阅历相对简单，但却发自内心地享受这种简单的生活，相信"大道至简"为人生智慧并努力践行之；虽时常通过观察社会、思考人生、阅读经典去提升自己的心灵境界，但坚信"认识自己"才是最重要的提升之道。为此，正在努力地通过简化生活去实现认识自己的修行功课。

我关于信仰的感悟："信"乃是一种坚定、信任的心态，"仰"乃是一种追求、奋斗的姿态，两者一个都不能少，共同创造着人类的奇迹。

我的电子信箱：lm3013@126.com

Chen Lei

陈　蕾

陈蕾,女,1980年出生,河南平顶山人,中国矿业大学(北京)思想政治教育专业博士研究生。从小深受中原文化的滋养和熏陶,对中华传统文化有着天然的、近乎本能的热爱。1998年,一封天津师范大学的录取通知书开启了我的大学求学生涯,于是我从故乡到天津再到北京,从文学到哲学再到法学,一路执著追求。

2007年被中国矿业大学(北京)文法学院录取,攻读硕士、博士学位期间发表论文20余篇,其中9篇发表于核心期刊。2010年参加国家社会科学基金项目"社会主义核心价值体系引领社会思潮的方式和途径研究"和教育部人文社会科学研究专项任务项目"'六个为什么'与大学生理想信念教育研究"的研究工作。2012年获得中国矿业大学(北京)博士研究生拔尖创新人才培育基金。

作为一个标准的"80后",在看似平坦的人生道路上也曾有过短暂困惑和迷惘,也经历过重重考验和挫折。在我心中,人生于世,必有所信仰,信仰是青春起航的号角,信仰是长夜里不灭的明灯。让信仰为我们插上梦想的翅膀,让我们的青春一路与信仰相伴!

我的电子信箱:cumtbcl@163.com

后记:《书简》编写二三事

　　眼前这本多少有点别致的小书的来历是这样的:

　　大约在三四年前,为了参加一次"思想道德修养与法律基础"课程的研讨会,我需要写篇与会文章。因感于研讨会论文的沉闷单调,就想来点新的花样。一时心血来潮,写了一篇书信体的文章——《信仰的忠告——致部分有信教意向的同学的一封信》。因为其时正在思考大学生信教的问题,就在信中谈了自己的看法。文章在大会上宣读了一下,大家觉得还有点意思。但也不过如此,并没有想到还有后面的故事。

　　后来,《中国德育》杂志的常务副主编邓友超先生发来一个邮件,问我可有德育方面的稿件。我手头并没有什么现成的稿件,正要回绝,忽然想到了这篇书信体的东西。于是很冒昧地把信发给他,并说这是篇不像文章样子的东西,大概是不行的吧。但出乎意料,书信很快在该杂志 2010 年第 11 期上登出来了,而且据说反响不错。邓主编告诉我:有读者给他打电话,表扬这篇文章。这就使我惊喜,并得到了鼓励。既然如此,那么还可以再写一篇的吧。于是,又写了《信仰的叮嘱——致大学生入党积极分子的一封信》,后发在《学校党建与思想教育》杂志 2011 年第 1 期上。据说反响也不错,有的学校把它当作入党积极分子培训和党员教育的学习材料。

　　2010 年底,我们中国人民大学马克思主义学院主办了一次关于 90 后大学生理想信念教育的全国性研讨会。教育部思政课教指委主任委员、中央财经大学党委书记胡树祥教授与会。期间，他说可以由教育部支持我做一个大学生理想信念教育的项目，希望出点有特色的成果。我提到书信问题，说可以编写《信仰书简》，他立刻表示赞同。后来，经过申报，得到教育部人文社科项目支持，成立了课题组，大家共同来写这些书信。我想，这样比我一个人来写更好，不仅可以完成得更快，而且也更丰富多彩。我很感谢参加本课题组的各位学者，特别是一些知名学者的"友情出演"。比如陈勇教授、王学俭教授、余玉花教授等，都早已是知名学者，可以说是德高望重。现在屈身附就，到这里来站脚助威，令人感动。我想，这不仅是出于个人的友情，也是出于事业的责任。

在这个过程中，有件事令我终生难忘。在项目立项答辩时，我们受到了教育部社科司徐维凡副司长和陈茅处长的批评。这责任自然在我，因为虽然编写《书简》是我的主意，但我并不真正理解这本书的意义。我动机上考虑较多的是"好玩"和有点刺激，做一件与以往不一样的事，而并没有从创新当代大学生理想信念教育的高度去思考。所以，当教育部项目立项在即，我又不免这样想：如此重要的教育部课题，最终成果总不能就做成这样一本小儿科的《书简》吧。受惯性思维支配，就想改换主意，把最终成果设计为一本高头讲章式的《大学生理想信念教育概论》。这就使社科司的领导同志大为失望："不是写《书简》吗，怎么又变成《概论》了?!"严厉的批评使我们猛醒，这才真正意识到编写《信仰书简》决不应只是出于"好玩"，而是创新大学生理想信念教育的一种积极尝试。由此,我也才真正感受到社科司领导对创新大学生理想信念教育的迫切心情和殷切期待,而我们竟差点辜负了!懊悔之余,我痛下决心:这件事只能成功,不能失败。

经过大家辛苦努力,在 2012 年 6 月完成了初稿。这月下旬,在王学俭教授操持下,课题组与兰州大学马克思主义学院在兰大共同举办了关于社会主义核心价值体系的研讨会和本书统稿会,来自全国特别是西部高校的几十位学者到会,为编好本书提出了宝贵意见。教育部社科司徐维凡副司长参加会议,一再强调编好这本书的重要性,并针对初稿提出了明确的编写要求和具体的修改意见。中央财经大学党委书记胡树祥教授也与我们一同研讨如何修改,并给我们写了一份密密麻麻的书面意见。这些为我们进一步修改完善书稿提供了明确的指导和重要保证。

中国青年出版社王瑞编审,在会上从编辑出版的角度讲了相关设想和建议。其实,这本书从写作到最后出书以及发行,王编审都花费了大量心血。我们在撰写初稿的时候,王编审已设计了一个有关信仰的选题,正在中国人民大学接触学者,寻找作者。于是我们一拍即合,从此编写出版这本书就成了我们共同的事业。在我们共同的努力下,这本书在中国青年出版社作为重点选题得以立项,后来还有幸入选"新闻出版总署社会主义核心价值体系建设'双百'出版工程重点出版物",并得到2012 年度国家出版基金的资助。

兰州统稿会之后,我们经过几个月的努力修改,拿出了新的一稿。为了进一步修改完善,特别是想听听大学生自己对书稿的反应，我们于10月下旬在中国人民大学召开了"《信仰书简》师生座谈会"。来自中国人民大学和首都几所院校的本科生和研究生谈了他们的感受和看法，他们热情肯定了我们的努力，并提出了自己的修改建议。这就给我们以很大鼓励，也为进一步完善提供了帮助。

《信仰书简》的出版产生了良好的反响。这种反响从几个不同渠道反馈到我这里。就在我补写这篇后记的时候，我刚回复了一位读者朋友的热情来信。读者的肯定是对我们最大的鼓励。趁此加印之际，我补上这个"后记"，算是对编写过程的一个交待，也是对那段美好日子的一个留念。

在共同的事业面前，感谢的话就不说了。

中国人民大学思想政治教育研究所

刘建军

2013年4月8日